Hans Fallada

Fridolin, der freche Dachs

atb aufbau taschenbuch

Rudolf Ditzen alias Hans Fallada (1893–1947), zwischen 1915 und 1925 Rendant auf Rittergütern, Hofinspektor, Buchhalter, zwischen 1928 und 1931 Adressenschreiber, Annoncensammler, Verlagsangestellter, 1920 Roman-Debüt mit »Der junge Goedeschal«. Der vielfach übersetzte Roman »Kleiner Mann – was nun?« (1932) machte Fallada weltberühmt. Sein letztes Buch, »Jeder stirbt für sich allein« (1947), avancierte rund sechzig Jahren nach Erscheinen zum internationalen Bestseller. Weitere Werke u. a.: »Bauern, Bonzen und Bomben« (1931), »Wer einmal aus dem Blechnapf frißt« (1934), »Wolf unter Wölfen« (1937), »Der eiserne Gustav« (1938).

Diese Geschichte schrieb Hans Fallada für seine Tochter Lore, genannt Mücke, als Geschenk zu Weihnachten 1944. An eine Publikation war damals nicht zu denken, das selbstgebastelte Büchlein sollte »allein für die Mücke bestimmt« sein. Deshalb verzichtete Fallada beim Gebrauch seines Namens auf die sonst strikt eingehaltene Trennung zwischen dem Privatmann Ditzen und der öffentlichen Person Fallada. Die erste Buchausgabe erschien 1955 im Verlag Heinrich Scheffler, Frankfurt am Main. Doch in dieser Ausgabe, wie in allen späteren, denen sie zugrunde gelegt wurde, gibt es Texteingriffe, die Verweise auf Nazizeit und Krieg verwischen. Allein die Veröffentlichung der Geschichte in der von Günter Caspar besorgten Werkausgabe brachte den authentischen Text nach dem Typoskript, das Anna Ditzen zur Verfügung gestellt hatte. Der vorliegende Band folgt dieser Fassung.

Hans Fallada

Fridolin, der freche Dachs

Eine zwei- und vierbeinige
Geschichte

atb aufbau taschenbuch

Textgrundlage dieser Ausgabe:
Hans Fallada. Ausgewählte Werke in Einzelausgaben.
Herausgegeben von Günter Caspar.
Band IX. Aufbau-Verlag Berlin und Weimar, 1985

MIX
Papier aus verantwortungsvollen Quellen
FSC www.fsc.org
FSC® C083411

ISBN 978-3-7466-3429-6

Aufbau Taschenbuch ist eine Marke der Aufbau Verlag GmbH & Co. KG

1. Auflage 2017

Bei Aufbau Taschenbuch erstmals 2002 erschienen
Umschlaggestaltung U1berlin, Patrizia Di Stefano
unter Verwendung einer Zeichnung von Eva und Hans Schweiss
Druck und Binden CPI books GmbH, Leck, Germany
Printed in Germany

www.aufbau-verlag.de

Inhalt

Fridolin, der freche Dachs

Eine zwei- und vierbeinige Geschichte

Allein für die Mücke zum sechsten Kriegsweihnachten 1944
geschrieben, in einem einzigen Exemplar hergestellt
und mit großer Mühe eigenhändig gebunden
von Hans Fallada

Grüner-Gurken-Verlag, Carwitz 1944

Druck von Rudolf Ditzen, Carwitz

Erstes Kapitel

Fridolins glückliche Jugendzeit.
Er verliert alle seine Geschwister und schickt seine Mutter in den Fuchsenbau

In dem Haus am See wohnten die Leute, in der Höhle am Südhang des Baumwerders hauste der Dachs.

Die Leute hatten das Haus eines Tages einfach gekauft; sie nahmen große Veränderungen vor, in ihm und um das Haus herum. Die Veränderungen in dem Haus interessierten den Dachs Fridolin gar nicht, aber daß diese Leute überall Zäune zogen, kreuz und quer, über seinen geruhigsten Nachtwegen, und daß sie ihn dadurch von seinen besten Futterplätzen abschnitten, das bereitete ihm manchen Kummer. Auch hatten diese Leute viele Kinder, wie viele, so weit konnte Fridolin nicht zählen, denn ein Dachs kann grade bis zwei zählen, was mehr ist als zwei, das nennt er viel.

Aber wir wissen, wie viele Kinder diese Leute hatten, nämlich drei; sie wurden genannt: der Uli, die Mücke, der Achim. Und außer den Kindern hatten die Leute noch einen Hund, Teddy, und die Leute und die vielen Kinder und der Hund hatten es sich angewöhnt, auf den Baumwerder zu laufen und dort herumzuspielen und Krach zu machen, und der Hund jagte und stöberte überall. All das störte Fridolin, den Dachs, gewaltig.

Der hatte sich seine schöne Höhle nicht kaufen können, sondern er hatte sich sie eigenpfotig mit großer Mühe ausgebaut. Ursprünglich hatte Fridolin nicht auf dem Baumwerder gewohnt, erst ein bitteres Erlebnis hatte ihn gezwungen, nach dort aus dem gut drei Kilometer entfernten Hullerbusch zu verziehen – und das ist ein weiter Weg für einen Dachs.

Der Hullerbusch ist ein mäßig großer Buchenwald, auf einer Hochebene gelegen, die nach Norden und Süden zu zwei Seen hin abfällt, zum Schmalen Luzin und zum Zansen, wie die Leute diese Seen nennen. Am Südhang zum Zansen hatte Fridolin seinen ersten Bau gehabt, und dort, am Südhang im lichten Buchenwald, war er auch aufgewachsen, liebevoll betreut von seiner Mutter Friedesinchen, mit seinen drei Geschwistern, die Friedrich, Frieda und Friederike hießen.

Seinen Vater hatte Fridolin nie kennengelernt, denn die Dachse, die von Natur zur Einsiedelei neigen, leben stets für sich allein. Auch Mann und Frau hausen nicht miteinander, sondern die Mutter muß allein die Jungen aufziehen, bis sie groß genug sind, sich selbst in der Welt weiterzuhelfen. Mutter Friedesinchen hatte ihren Kleinen aber mancherlei von ihrem Vater Frieder erzählt, der wegen seiner Brummigkeit und wegen seines Griesgramtums unter den Dachsen hoch geehrt war. Denn die Dachse schätzen mürrisches Wesen ebensosehr wie die Menschen Freundlichkeit; sie finden, je weniger ein Dachs die andern Dachse braucht, um so schätzenswerter ist er, und am höchsten ist der Dachs zu verehren, lehrte Mutter Friedesinchen ihre Kinder, der überhaupt nicht gemerkt wird.

Also am Südhang zum Zansen im lichten Buchenwald hatte Fridolin seine Kindertage verlebt, und sehr schön waren sie gewesen! Am Ende eines sehr kalten Februar war er mit seinen Geschwistern geboren worden, aber von der Kälte draußen in der Welt hatten die Kleinen nichts zu spüren bekommen: Die Mutter hatte die Höhle warm mit trockenem Laub, mit weichem Moos und langem Gras gepolstert – das war ein richtiges molliges Nest. Zwei Meter tief lag diese Höhle unter dem Erdboden, so weit drang kein Frost.

Auf die Sauberkeit war Friedesinchen besonders erpicht: Sie hatte einen kurzen Gang von der Wohnhöhle fort gegraben und am Ende dieses Ganges einen ganz kleinen Kessel angelegt. Sie gewöhnte ihre Kinder schnell daran, für jedes Geschäft auf dieses Klosettchen zu gehen und die Losung, wie man das nennt, gut unterzuscharren. Auch alle von den Kleinen angenagten Speisereste trug sie dorthin, denn nichts ist den Dachsen so verhaßt wie der Gestank von Verdorbenem und Unrat. Darum legen sie auch außer den sechs bis acht Schlupfröhren, die vom Kessel ins Freie führen, noch zwei oder drei steile Schächte an, damit die Luft in der Höhle immer sauber und rein sein möge.

Von der ersten, ganz in der warmen, weich ausgepolsterten Höhle verlebten Zeit wußte Fridolin später natürlich gar nichts mehr. Wie seine Geschwister war er blind zur Welt gekommen, es dauerte lange Zeit, bis er sehen und ein wenig herumkriechen lernte. Die Nahrung war knapp in dieser Zeit; auf den eiskalten Februar war ein böser, nasser März gefolgt, und Mutter Friedesinchen hatte ihre liebe Not, die vier Mäuler ihrer Kinder und das eigene dazu satt zu bekommen. Sie war aber unermüdlich tätig, und ganz gegen die Gewohnheit der Dachse fuhr sie sogar manchmal am Tage aus ihrem Bau, wenn die Kinder gar zu jämmerlich nach Futter quiekten.

Fridolin und Friedrich, Frieda und Friederike waren immer gespannt darauf, was die Mutter nun anbringen würde; sie lernten in diesen Tagen soviel Neues fühlen, riechen und schmecken. Was es doch auch alles auf dieser geheimnisvollen Welt draußen gab, von der sie noch nichts gehört und gesehen hatten! Wohlschmeckende Wurzeln brachte Friedesinchen an, Bucheckern und Eicheln, auf dem Felde vergessene Möhren und Futterrüben und als begehrte Fleischkost: Regenwürmer, eine froststarre Ringelnatter oder gar ein delikates Mäuschen! Der Höhepunkt im Speisezettel war es aber, als Friedesinchen einmal auf ein Erdwespennest gestoßen war – ach, wie gut schmeckte dem Fridolin der süße Honig! Er konnte es gar nicht verstehen, daß die Mutter nicht alle Tage solch süßes Schleckerzeug anbrachte, er schalt und muckschte mit ihr deswegen. Dumm, wie er noch war, hatte er natürlich keine Ahnung von den Schwierigkeiten, die seine Mutter mit dem Futterbeschaffen hatte, und er dachte, die süßen Honignester gebe es überall.

Dann kam an einem schönen Sonnentag Anfang April der große Augenblick, wo Friedesinchen zum ersten Male ihre Kinder ans Tageslicht führte. Du lieber Himmel, was war das für eine Aufregung, als es in der düsteren Schlupfröhre immer heller und heller wurde! Den Kleinen, die bisher nur Dunkelheit gekannt hatten, wollte angst werden vor dem Licht – Mutter Friedesinchen mußte nachschieben und tüchtig schelten, sonst wären alle vier gleich wieder in ihr Nest zurückgekrochen!

Und wie rissen sie erst die Augen auf draußen im hellen Sonnenlicht! Rissen sie auf und machten sie gleich wieder zu, denn so viel Helligkeit tat den Augen weh. Erst langsam wagten sie wieder, zuerst zu blinzeln, dann um sich zu schauen – und nun ging die Fragerei los!

»Mutter, was ist das Gelbe, das Weiche, das Warme?« fragten sie und meinten den schönen reinen Sand, den Friedesinchen beim Bau der Höhle aus der Tiefe der Erde hervorgescharrt hatte.

»Mutter, was ist das für ein braunes, langes Ding, in dem meine Zähne immer klebenbleiben?« fragten sie und meinten eine harzige Kiefernwurzel.

»Mutter, ist das ein kleiner Dachs, der so komisch schreit?« fragten sie und meinten die Vögel, die in den Kronen der Bäume tschilpten.

»Mutter, was macht mir so warm, als läge ich ganz dicht an deinem Bauch?« fragten sie und meinten die liebe Sonne, die ihnen den Pelz wärmte.

So hatten sie hundertundeine Frage, und Friedesinchen wußte sich nicht anders zu helfen, als daß sie, um endlich ein bißchen Ruhe zu bekommen, die Kinder den Abhang zum See hinunterführte, damit sie das Wassersaufen lernten. Gab das aber eine Stolperei, Purzelei, Fallerei den steilen Abhang hinunter! Es geschah sogar ein ernster Unglücksfall: Frieda kam so in Schuß, daß sie immer rundherum – rundherum – bumm! den Abhang hinabrollte. Unten konnte sie natürlich nicht bremsen; sie wußte ja auch nicht, daß das Helle, Glitzernde Wasser war – kopfüber fiel sie hinein, und ein großer Hecht, der sich behaglich im seichten Wasser gesonnt hatte, schoß auf sie zu und zog sie in die Tiefe, wo er sie mit Vergnügen verspeiste.

Zuerst hatte natürlich Friedesinchen einen großen Schrecken bekommen, als sie den Plumps hörte und die Tochter im Wasser verschwinden sah. Aber dann lief sie um die drei ihr verbliebenen Kinder herum und zählte sie: »Eins – zwei – viele!« Es stimmte, sie hatte vorher viele gehabt, und jetzt waren immer noch viele da. Alles war in bester Ordnung. Da sieht man's, wie vorteilhaft es ist, wenn man nur bis zwei zählen kann!

Nach dem Saufen wurde wieder hinaufgekrabbelt zum Bau, das war noch schwieriger als das Hinunterpurzeln. Friedesinchen mußte oft tüchtig mit der rüsselförmigen Schnauze nachschieben. Aber schließlich waren sie doch alle wieder oben im schönen weichen Sande angelangt, die Kinder völlig außer Atem und sehr müde, und nun durften sie noch ein Weilchen in der Sonne liegenbleiben. Mal ließen sie sich von ihr den Rücken, mal den Bauch wärmen, und Friedesinchen machte sich unterdes an eine große Reinigung ihrer Kinder: Mit Kralle und Schnauze ging sie dem Ungeziefer, das sich in dem dichten Fell eingenistet hatte, zu Leibe. Die Kleinen aber waren viel zu glücklich und zu müde, ihre Mutter noch viel zu fragen. Die Welt, diese Höhle unter der breitkronigen Buche, der steinige, oft bemooste Hang, das sonnenglitzernde Wasser unten mit seinem immer leise im Winde raschelnden Schilfgürtel, das war alles nun einmal so, wie es war – was gab's da noch viel zu fragen –?

Diese kleinen Ausflüge wiederholte Friedesinchen mit ihren Kindern nun fast jeden Tag, wenn nur die Sonne schien und kein böser Feind in der Nähe war. Die Dachslein lernten dabei ihre Glieder gebrauchen; ohne jede Nachhilfe der Mutter kletterten sie rasch und sicher den Abhang hinunter und wieder hinauf – rasch, soweit ein Dachs eben rasch sein kann, denn viel schneller als ein guter Fußgänger unter den Menschen kann auch der schnellste Dachs nicht laufen. Vor dem Bau spielten die Kinder gerne miteinander, während Friedesinchen ihnen friedlich zusah und dabei immer ein wachsames Auge und Ohr für jede herannahende

Gefahr wie Leute, streunende Hunde und den bösen Fuchs hatte.

Die Kleinen stießen einander um, oder sie stellten sich tot, wobei sie sich ganz flach gegen die Erde drückten, den Kopf zwischen die Vorderpfoten legten und die Augen fest schlossen: Sie bildeten sich ein, dann sähe sie keiner. Das beliebteste Spiel war Sich-Eingraben, da spielte Friedesinchen auch gerne mit. Die Mutter war natürlich Meisterin dabei, in drei, höchstens vier Minuten war sie vollkommen vom Erdboden verschwunden. Sie gebrauchte zum Graben ihre kräftigen Vorderfüße, deren Krallen durch feste Häute miteinander verbunden waren. Mit den Hinterfüßen warf sie die Erde nach rückwärts. War sie dann tiefer in den Erdboden gedrungen, schob sie die Erde mit ihrem Hinterteil zurück, und nur ein Häuflein Sand und Erde verriet, wo Mutter Friedesinchen geblieben war.

Die Kinder taten es der Mutter mit Begeisterung nach; es war so schön, aus dem hellen Sonnenschein immer tiefer in das geheimnisvolle Dunkel einzudringen, bis auch der letzte Schimmer von Tageslicht erloschen und alles still, tief still um sie war, wenn sie einmal mit Graben innehielten. Dann hörte Fridolin nur noch das Klopfen des eigenen kleinen Herzens in der eigenen kleinen Brust. Das fand er am schönsten: ganz allein mit sich zu sein, tief im stummen, stillen Schoß der Erde. Darin war er ein richtiger Dachs, der ja unter allen Tieren das einsiedlerischste, menschen- und tierscheueste Geschöpf ist. Nur in der Kindheit lebt er mit seinesgleichen, von da an will er immer nur allein sein.

Ach, der kleine Fridolin – wenn er sich da ganz tief eingegraben hatte, wenn er dabei vielleicht auf einen tief im Erdenschoß ruhenden Felsblock geraten war und er hatte seinen Gang unter dem Block fort- und auf der andern Seite wieder hochgescharrt, so daß nun nichts mehr von der Welt draußen zu spüren war und um ihn nichts als die tiefe, leise rauschende Samtschwärze der Dunkelheit – wie glücklich fühlte sich Fridolin da –! Er lag atemholend auf seinem Bauch und hatte beinahe völlig vergessen, daß es eine Mutter Friedesinchen und zwei Geschwister Friedrich und Friederike auf der Welt gab. Mit einem Schwung warf er sich auf den Rücken, zog die Füße eng an den Bauch, steckte den Kopf zwischen die Vorderbeine und war einen Augenblick später fest eingeschlafen.

Das ist auch eine besondere Eigenschaft der Dachse, daß sie jederzeit und beliebig lange schlafen können. Nach dem Fressen ist das Schlafen die beliebteste Beschäftigung der Dachse, wenn man Schlafen überhaupt eine Beschäftigung nennen darf. Die Dachse sind nämlich unglaublich faul, sie tun, wenn sie keine Kinder mehr sind, nicht einen Schritt, den sie nicht tun müssen, und wenn ihnen einmal so zumute ist, verschlafen sie lieber ihren Hunger, als daß sie sich was zu fressen suchen.

Fridolin verschlief auch oft in dem doch nur zum

Spielen gegrabenen Gang die wartende Mutter mit den Geschwistern. Wenn er dann schließlich wieder hervorkroch, war es manchmal längst Nacht geworden, und die andern lagen schon in der Mooshöhle schlafend. Kroch er dann zu ihnen ins warme Nest, sagte die Mutter ihm ein paar scheltende Worte über »Rumtreiberei« und »nächtliches Bummeln«. Zum richtigen Schelten aber war Friedesinchen zu müde, und zum richtigen Zuhören war Fridolin zu müde, und so schliefen sie gleich wieder allesamt weiter.

Bei diesen Ausflügen und Spielen kräftigten sie sich die Glieder, die Kinder lernten es, ihre Pfoten, ihr Auge und ihr Gehör, vor allem aber auch ihr Gebiß zu gebrauchen, das ausnehmend stark und kräftig ist und gefährliche Wunden versetzen kann.

Eines Nachts glaubte Friedesinchen dann die Stunde gekommen, ihre Kinder in den Wald auf die Nahrungssuche mitzunehmen, damit sie es nun allmählich lernten, selbst für ihren Hunger zu sorgen. Oh, was waren das für geheimnisvolle, schweigsame Wege durch den stillen Wald! Sogar der Wind war dann schlafen gegangen, kein Blättchen rührte sich, und sachte, sachte mußte man mit den nackten Sohlen auftreten, um das Wild nicht zu verscheuchen!

Welche Freude für Fridolin, wenn er mit seinem Rüssel einen flachen Stein umdrehte und darunter eine ganze Versammlung von Würmern und Asseln fand! Mit kräftigem Schmatzen verzehrte er sie. Oder er kratzte mit seinen Krallen die morsche Rinde von einem fauligen Baum und fing die überraschten Käfer mit seinem Rüssel. Sein Meisterstück machte er aber, als er direkt vor der Nase seiner Mutter Friedesinchen ein vorwitziges Mäuslein schnappte. Heftig quiekte es, und die Mutter fauchte ärgerlich. Sie hatte nämlich für den eigenen Magen auf das Mäuslein gehofft, aber der Sohn ließ sich gar nicht stören und fraß es selber, behaglich schnaufend.

Leider geschah auch bei einem dieser ersten Nachtausflüge ein Unglück: Während die kleine Familie friedlich auf der Nahrungssuche stöberte, löste sich aus dem Dunkel eines alten Buchenstammes ein Schatten, große Flügel rauschten, zwei riesige Augen leuchteten unheimlich grün, und ein großer Uhu schwebte auf die Dachse herab. Während die Kinder in Totstellung mit geschlossenen Augen sich auf den Erdboden drückten, suchte Friedesinchen zufahrend den geflügelten Unhold mit Zähnen und Fauchen zu verscheuchen.

Umsonst – der Uhu hatte sein Opfer schon erwählt und schwebte mit dem aufgeregt quiekenden Friedrich in den Krallen von dannen. Diesmal war die Mutter sehr traurig, denn sie merkte ja doch, daß sie statt vielen, nämlich drei Kindern nur noch zwei hatte: den Fridolin und die Friederike.

Um so mehr konnte sie sich von nun an den beiden ihr verbliebenen Kindern widmen, um so reichlicher war die Atzung, um so kräftiger entwickelten sich die beiden. Bei ihren nächtlichen Freßfahrten, die sie selten weiter als einen Kilometer vom schützenden Bau entfernten, blieb kein Fleckchen Waldboden undurchsucht, immer fanden sie den Tisch wieder neu gedeckt. Mit der vorschreitenden Jahreszeit lernten sie stets neue Köstlichkeiten kennen: Eiergelege von Rebhühnern oder auch ein aus dem Nest gefallenes Vögelchen, herrliche Fröschchen, die im Maule noch verzweifelt quakten, eine zarte Eidechse oder Schnecken, die so herzhaft schmeckten und so gut sättigten.

Das größte Erlebnis war aber, daß sie einmal auf das Nest einer Waldhäsin stießen und deren fünf noch blinde Junge mit hohem Vergnügen verspeisten, trotz des wütenden Wehrens der Mutter Häsin, die Friedesinchen ein wahres Trommelfeuer schallender Ohrfeigen versetzte. Aber gegen Schläge sind Dachse fast völlig unempfindlich, gegen sie schützt sie die Speckschwarte und das dichte Fell. Nur ihre Nase nehmen sie fein in acht, ein kräftiger Schlag auf die Nase kann einen Dachs nämlich töten.

Waren die Nächte mondlos, besonders dunkel und möglichst auch ein wenig regnerisch, so machte Friedesinchen gelegentlich einen weiteren Ausflug mit den Kindern, aus dem Walde hinaus aufs freie Feld, in die Nähe der Menschenhäuser, ja sogar in ihre Gärten hinein. Im allgemeinen ist dem Dachs der übel stinkende Geruch der Leute verhaßt, er meidet ihre Nähe und fürchtet sie fast noch mehr als ihre ständigen Begleiter, die raschen, überall herumschnüffelnden Hunde mit ihrem lauten Gebell und den bösen Zähnen. Aber auf den Feldern der Menschen und in ihren Gärten wachsen so schöne Dinge wie Möhren und Rüben, auf Beeten reifen köstliche Erdbeeren, an Spalieren hängen Weintrauben, und auch das ganz junge Grün der Saaten ist nicht zu verachten – dagegen schmeckt selbst das beste Waldgras noch sauer.

Ein so reich bestellter Tisch schläferte Friedesinchens tief verwurzelte Vorsicht manchmal ein, wenn nämlich ihr Gaumen sich nach solchen Leckereien sehnte. Auch wußte sie, daß der Hund des Hofes Hullerbusch zwar gewaltig bellen und mit einer eisernen Kette tobend rasseln konnte, mehr aber auch nicht. Denn eben diese Eisenkette hielt ihn fest an seiner Hütte, und nahe seinem zornig gefletschten Gebiß konnten sie in aller Gemütlichkeit das Köstlichste aus dem Garten plündern. Der Zaun darum war für einen richtigen Dachs natürlich kein Hindernis – in einer Minute hatte man sich unter dem Draht oder den Latten durchgegraben.

Bei einer dieser nächtlichen Gartenfahrten gab es wieder einmal ein großes Abenteuer. Dachsens waren grade dabei, die ersten Mohrrüben des Jahres auf ihre Zartheit zu prüfen, und Fridolin hatte das große Glück gehabt, einen fetten Maulwurf bei seiner wühlerischen Tätigkeit zu verhaften und in das Gefängnis seines

Bauches für lebenslängliche Haft einzusperren, als das tobende Gekläff des Hofhundes plötzlich abbrach und in ein anklagendes, flehendes Jaulen überging: Der Herr des Hundes hatte, von einem Nachbarnbesuch verspätet heimkehrend, soeben den heimatlichen Hof betreten. »Asta!« hatte er gerufen. »Willst du verfluchter Köter endlich stille sein –?!«

Beim Klang der menschlichen Stimme hatten die beiden Dachschen rasch und leise bei ihrer Mutter Schutz gesucht, und Friedesinchen war mit ihnen in das dichte Gewirre von Schoten und Reisern geflüchtet. Die Hündin Asta aber, weit entfernt davon, stille zu sein, war ihrem Herren, so weit es die Kette nur erlaubte, entgegengelaufen, hatte ihm dann die Vorderpfoten auf die Schulter gelegt und ihn flehend angejachtert, sie doch frei zu machen, damit sie die unverschämten Gartendiebe erlege.

Der Herr, der die Hundesprache nicht verstand, hatte die Asta gestreichelt und gesagt: »Was hast du nur, Asta? Sei doch vernünftig, mein Hund! Sicher ist es wieder nur ein Igel, und das weißt du doch, Asta, diese nützlichen Mäuse- und Schlangenjäger mußt du mir am Leben lassen, sonst setzt es Hiebe!«

Der Hund aber hörte nicht auf zu jaulen und damit zu bitten, der Herr möge ihn doch losmachen von der Kette, diesmal sei es etwas ganz anderes als ein Igel. Der Herr möge doch nur gefälligst einmal seine Nase gebrauchen, das röche ja ganz anders als Igel ... Der

Herr, der wie alle Menschen nur eine dumme Nase hatte, die bloß das Allerdeutlichste roch, aber nie einen Igel oder einen Dachs und am allerwenigsten den Unterschied zwischen beiden – der Herr ließ sich von dem Betteln seines Hundes schließlich erweichen und machte ihn von der Kette los.

Asta schoß in die Dunkelheit hinein, auf den Garten zu; der Herr folgte ihr brummend, weil er sich schon ärgerte, daß er ihr den Willen getan hatte und nun in der dunklen Nacht hinter ihr dreinstolpern mußte, statt schön in sein weiches, warmes Bett zu gehen. Asta, eine sehr große gelbschwarze Schäferhündin, war am Gartenzaun beschäftigt, sich ein Loch zu graben. Da sie aber lange nicht so schöne Grabkrallen hatte wie ein Dachs und da sie in ihrem wilden Eifer sich nicht eine schöne weiche Stelle ausgesucht hatte, sondern den harten Weg aufscharren wollte, so kam sie nur langsam voran. Die Dachse saßen unterdes ganz still bei ihrer Mutter im Erbsenbusch.

Der Herr kam dazu, wie die Asta am Gartenzaun grub, und sagte ärgerlich: »Das habe ich mir doch gleich gedacht, daß du nur wieder in den Garten willst auf Igeljagd! Gleich kommst du her, Asta!«

Aber die Schäferhündin, endlich frei und von Jagdeifer verwildert, dachte nicht daran, jetzt noch von ihrem Vorhaben abzustehen; sie lief nur ein Stück weiter und fing wieder zu graben an.

»Verflixte Asta!« rief der Herr wütend und rannte

dem Hund im Dunkeln nach. Denn der Herr hatte wieder eine Herrin, nämlich seine Frau, und die konnte sehr böse werden, wenn der Hund in den Garten geriet und die sorgfältig geglätteten Beete zertrampelte und die zarten Pflänzchen mit seinen groben Pfoten zerstörte. »Willst du gleich herkommen –?!« rief der Herr zornig.

Aber ehe er den Hund im Nachtdunkel gefunden und gefaßt hatte, war der durch das rasch gegrabene Loch im Zaun gekrochen und raste nun wild auf der vielfältigen Spur der Dachse im Garten hin und wider. Mutter Friedesinchen aber, als sie merkte, der Hund würde in den Garten kommen, hatte ihre Kinder schnell durch ihr Einschlupfloch aus dem Garten und in einen dichten Schlehenbusch an der Scheune geführt, der ihnen einige Deckung bot.

»Warte, du verflixter Köter!« hatte der Herr gerufen und war durch die Pforte in den Garten geeilt, seinen Hund jagend. Der Hund, die Dachse jagend, hatte indessen gewittert, daß sie nicht mehr im Garten waren, und schoß durch die offene Pforte hinaus, dem Schlehdorn zu, wobei er beinahe dem eigenen Herren die Beine unter dem Leib fortgelaufen hätte. Friedesinchen jedoch, leise und sachte, hatte ihre Kinder wieder in den Garten zurückgeführt, in den deckenden Erbsenbusch.

So ging die wilde Jagd hin und her: rin in den Garten, raus aus dem Garten! So rasch der Hund war, diesmal waren ihm die Dachse über, weil er immer den weiten Umweg durch die Pforte machen mußte, während die Dachse ihre kleinen Schlupflöcher unter dem Zaun benutzen konnten.

Schließlich gelang es dem Herrn, die Asta einzufangen, und damit nahm freilich die ganze Jagd ein plötzliches klägliches Ende. Während sich die Dachse friedlich und leise dem Walde zutrollten, hörten sie noch lange das klägliche Geheul der Asta, die für ihren guten Willen böse Hiebe vom Herrn erhielt. Am bösesten freilich war am nächsten Morgen die Herrin, die Frau des Herren, als sie ihren so völlig verwüsteten Garten sah. Der Herr bekam zwar keine Hiebe wie die Asta, aber viele böse Worte mußte er hören, eine sehr böse Miene mußte er sehen, und sehr üppig war das Mittagessen auch nicht, das er in den nächsten Tagen bekam. Bei den Dachsen aber war es mit den Ausflügen in Feld und Garten für lange Zeit vorbei: Mutter Friedesinchen war gar nicht für solche Aufregungen, und ihre Kinder waren als echte Dachse genauso gesinnt.

Allmählich wuchs das Jahr in den Sommer hinein, und mit all dem Wachsen und Reifen in Wald und Flur war die Tafel der Dachse immer reichlicher bestellt. Sie brauchten nachts keine langen Expeditionen mehr zu machen, überall gab es Nahrung in Hülle und Fülle. Schnell war der Hunger gestillt, und rasch ging es wieder heim in die Höhle, die bald zu enge wurde für die drei. Viel wurde geschlafen, die Lieblingsbeschäftigung bei Dachsens, und wenn sie bei hellem Sonnenschein ausfuhren aus dem Bau, gab es keine kindlichen Spiele mehr. Fridolin und Friederike waren jetzt fast ausgewachsen, die fröhlichen Kinderspieltage waren vorbei; wie Mutter Friedesinchen lagen sie wortlos in der Sonne und ließen sich mal den Rücken, mal den Bauch braten.

Überkam Fridolin wirklich noch einmal der alte Jugendübermut, stieß er die Friederike mit dem Rüssel an und forderte sie dadurch auf, mit ihm Totstellen oder Wettgraben zu spielen, so verwiesen ihm die beiden Frauen strenge solch undächsisches Benehmen, schnaufelten verächtlich durch die Nase und ließen sich stumm weiterrösten. Bei solchen Gelegenheiten war es besonders die Schwester Friederike, die sich durch Griesgrämigkeit und Übellaunigkeit hervortat, sie übertraf überhaupt in diesen von den Dachsen so geschätzten Eigenschaften noch bei weitem die Mutter. Sie war manchmal so einsiedlerisch gesinnt, daß sie nicht einmal Mutter und Bruder einen Schlafplatz in dem ihnen doch allen gemeinsam gehörigen Kessel gönnen wollte. Dann schliefte sie heimlich als erste ein, setzte sich in die Mooshöhle an den Eingang der Röhre und zeigte der nachfahrenden Mutter fauchend die Zähne, ihr Alleinrecht auf den guten Schlafplatz behauptend. Friedesinchen fauchte und fletschte dagegen, und manchmal kam es schon zu kleinen Beißereien, kurz, der Friede, von dem sie alle doch ihre

Namen trugen, war völlig aus dem kleinen Heim gewichen.

Aber noch war die Mutter die Stärkere, oft beutelte sie die heranwachsende Tochter kräftig durch und zeigte deutlich, wieviel lieber ihr der stets sanfte Sohn war. Nun begann Friederike den zu verfolgen, versetzte ihm häufig kleine Bisse, nahm ihm bei den nächtlichen Fahrten die eben erjagte Beute aus dem Maule fort, bedrängte ihn ständig auf seinem Schlafplatz, daß er keine Ruhe bekam und sich nicht richtig ausstrecken konnte.

Da hätte Fridolin wohl manche bittere Träne geweint, wenn Dachse nur weinen könnten, aber auch ohne Tränen war er oft traurig und mißmutig, und der schöne Sommer freute ihn gar nicht mehr. Er bedachte auch, wie lästig es doch ist, wenn mehrere zusammenleben, und in seinen Träumen sah er sich immer ganz allein in einer wundervoll mit Moos gepolsterten Höhle, nebenan eine Vorratskammer, die schön mit Möhren gefüllt war, und das alles lag fern allen Menschen, allen Hunden, allen Dachsen.

Oft tröstete ihn seine Mutter Friedesinchen mit weisen Worten. »Söhner«, sprach sie, »verzweifele nicht und gib den Mut nicht auf. Deine Schwester kommt in die Monate, da sie sich nach einem eigenen Hausstand sehnt – sie weiß nur selber noch nicht, was sie will. Aber eines Tages wird ihr ein Licht aufgehen, und wir werden Ruhe vor ihr haben!«

Und so kam es wirklich. Eines Nachts machten die drei einen weiteren Ausflug in eine Gegend, in der sie noch nie gewesen waren. Auf einem sandigen Abhang standen vereinzelte Buchen als letzte Ausläufer des Hullerbuschwaldes. Sie waren untermischt mit uralten, vom Winde zerwehten Kiefern, deren dicke Wurzeln sich wie Schlangen über den Sandboden ringelten. In dem Hang gab es viele Löcher von Kaninchenbauten, und von seinem Fuß an streckten sich, so weit das Auge reichte, Felder und Wiesen.

Sobald Friederike diesen Abhang gesehen hatte, fing sie an, unruhig hin und her zu laufen, sie steckte ihre rüsselförmige Nase in jedes Kaninchenloch und stieß kleine, aufgeregte, quiekende Laute aus. Schließlich blieb sie vor einem Loch, über dem sich wie ein Torbogen eine riesige harzige Kiefernwurzel wölbte, sitzen und erklärte kurz: hier sitze sie und hier bleibe sie auch.

Umsonst sagte ihr die weise Mutter Friedesinchen, dieser Hang sei mitnichten geeignet für einen Dachsbau. Die Kaninchen, die ein unruhiges und mit Trommeln oft lärmendes Volk sind, würden sie um jede Ruhe bringen; zudem bedinge die Nachbarschaft so vieler Felder und Wiesen ständige Störung durch Menschen und Hunde. Friedesinchen hatte gut reden, das Ei war wieder einmal klüger als die Henne, und Mutter und Sohn mußten schließlich allein heimwandern, Friederiken auf dem Karnickelhang zurücklassend.

Auf dem Heimwege aber zeigte Friedesinchen dem Sohn im Walde einen verlassenen Bau, der ihr viel sicherer und ruhiger erschien. Am Hang einer kleinen Höhe mitten im dichtesten Buchenwald lag ein verlassener Fuchsbau, die Röhren mündeten künstlich zwischen riesigen, mit dichtem grünem Moos bedeckten Findlingsblöcken; im Grunde lag ein kleiner Weiher. Es fehlte natürlich ganz die liebe Sonne, und im Bau selbst herrschte ein fürchterlicher Gestank. Denn der Fuchs ist ganz anders als der Dachs, er ist ein unsauberes Tier, dessen Nase den Gestank liebt. Er scheut sich nicht, den eigenen Dreck, den man »Losung« nennt, in der Wohnung abzulegen, und seine Speisereste läßt er daheim verfaulen und veraasen und freut sich noch des Gestankes. Aber davon abgesehen, war dies doch eine viel sicherere und ruhigere Wohnung als die von Friederike gewählte – die Mutter schniefte kummervoll, wenn sie an die unvernünftige Tochter dachte.

In der Folgezeit machten Friedesinchen und ihr Sohn noch manchen Besuch bei Friederike. Manchmal trafen sie die Tochter an, die aber nie mehr mit ihnen ein Wort wechselte, ihnen nicht einmal die Tageszeit bot, sondern bei ihrem Kommen sofort mürrisch in den Bau schliefte. Sie war eben völlig zur Einsiedlerin geworden. Oft aber war bei ihrem Kommen Friederike auch auf Nahrungssuche unterwegs, dann kroch die Mutter, neugierig, wie die Frauen nun einmal sind, mit dem Sohn in den ehemaligen Karnickelbau und besichtigte die von der Tochter getroffene Anlage. Hier kargte sie nicht mit dem Lobe, denn Friederike hatte etwas Mustergültiges geschaffen.

Der schön mit Moos und langem Gras gepolsterte Wohnkessel lag wohl zwei Meter tief unter dem Erdboden, und er war so künstlich angelegt, daß eine über ihm stehende Kiefer mit ihrem dicken Wurzelwerk sicheren Schutz gegen das Aufgraben durch böse Menschen gewährte. Neben dem Hauptkessel befanden sich zwei kleinere Kessel, einer zum Klosettchen, der andere zur Vorratskammer bestimmt, und in der Vorratskammer lagen bereits, hübsch geordnet, Bucheln, Eicheln und Wurzeln. Nicht weniger als sieben Schlupfgänge hatte sich Friederike gegraben, und der Ausgang einer jeden Röhre lag fünfzehn bis zwanzig Meter von dem nächsten Ausgang, so daß sie Fluchtmöglichkeiten nach allen Seiten hatte. Die Erde aber bei jedem Röhrenausgang war so glatt und fest wie eine Tenne, so daß sie keine verräterischen Spuren aufnehmen konnte. Nicht weniger als vier steil nach oben führende Schächte sorgten für frische Luft.

»Das ist eine Wohnung«, sagte Friedesinchen zu ihrem Sohn, »auf die der älteste und erfahrenste Dachs stolz sein würde. Man merkt eben doch, daß Friederike von gutem Blute ist; hoffentlich machst auch du deinen Eltern einmal soviel Ehre, Söhner!«

Dies war eine Anspielung auf den nie gesehenen Vater Frieder. Dann aber schüttelte die Mutter doch wieder den Kopf. »Alles schön und gut, und doch wäre die Moossteinhöhle besser gewesen. Dies liegt eben doch zu frei und offen, da können auch die schönsten Notröhren nichts helfen.«

Leider sollte Mutter Friedesinchen mit ihren trüben Vorahnungen nur zu recht behalten. Als die beiden wieder einmal des Nachts die Wohnung der Schwester besuchten, fanden sie die tennenglatten Eingänge zerstört von Hundespuren, überall trafen sie auf den häßlichen Geruch dieser bösen Tiere. Die schönen Mooswände der Höhle waren im Kampfe zerrissen und zerstört, mit Blut befleckt war das Innerste des Baues – und es war nicht nur Hundeblut, das da geflossen war –!

Friedesinchen ließ sich auf ihr Hinterteil nieder und sprach mahnend zu ihrem Sohne: »So geht es den Kindern, die nicht auf den weisen Rat ihrer Mutter hören! Arme Friederike, von Hunden zerbissen, vielleicht von bösen Menschen erschossen und bereits verspeist! Es ist schade um deine Schwester, Söhner. Sie hatte die glücklichsten Anlagen von der Welt, sicher wäre aus ihr die mürrischste, einsiedlerischste Dächsin geworden, weit berühmt in der Dachsenwelt. Und nun so jung gestorben!«

Friedesinchen schnappte sich schnell einen großen Laufkäfer, der vorwitzig grade vor ihrer Nase vorbeimarschieren wollte, und fuhr also fort: »Du bist mir von meinen vielen, vielen Kindern als einziger verblieben. Ich erwarte von dir, daß du deinem Vater Frieder und mir Ehre machst, Fridolin! Laß das Schicksal deiner unseligen Schwester dir zum warnenden Beispiel dienen, Söhner! Gib dich nie mit einem andern Geschöpf ab, und sei es die liebreizendste Dächsin! Lebe stets für dich allein, fauche, kratze, beiße alle weg! Sei mißtrauisch, laß auch das schönste Fressen stehen, wenn es dir Gefahren bringen kann. Du sollst nicht in einem Menschenmagen enden, Fridolin, in einer behaglichen Mooshöhle sollst du eines Tages an Altersschwäche sterben!«

»Ich will alles tun, wie du sagst, Mutter!« antwortete der Sohn und rieb seinen Rüssel gerührt an dem Friedesinchens. –

Den Rest des Sommers und den größten Teil des Herbstes verlebten Mutter und Sohn in schönster Eintracht. Sie schliefen zusammen, sie sonnten sich zusammen, sie jagten zusammen. Kaum je wurde ein Wort zwischen ihnen gewechselt, so einig waren sie sich über alles. Fridolin war jetzt ein voll ausgewachsener Dachs. Er war größer und schwerer als seine Mutter, und das war auch nur richtig so, denn bei den Dachsen sind die Männer größer und kräftiger als die Frauen.

Als der Herbst immer weiter vorrückte, als es immer windiger, kälter und nässer wurde, kam eine seltsame Unruhe über Fridolin. Er wußte noch nicht, daß er mit dem Eintritt strengen Frostwetters in den Winterschlaf verfallen würde, denn er hatte das ja noch nie erlebt. Aber diese Unruhe saß nun einmal in ihm. Sie trieb ihn, schon früh des Nachts ohne die Mutter auf die Jagd zu gehen, und nie kam er heim, ohne im Rüssel Möhren, Wurzeln oder Bucheckern heimzutragen.

Seine Mutter war nicht so vorsorglich; sie wußte, daß sie ausgangs des Winters bitteren Hunger leiden und klapperdürr in den Frühling gehen würde, aber ihre Faulheit, auch eine hervorragende Tugend der Dachse, war unbesieglich. Statt dessen suchte sie plötzlich auf heimlichen Liebespfaden den Vater ihrer Kinder, den Dachs Frieder. Ob sie ihn nun gefunden hatte oder nicht, jedenfalls änderte sich ihre Gemütsart völlig. Sie war nicht länger mehr liebevoll zu dem Sohne, auf jede Weise zeigte sie ihm, wie überflüssig und störend er in der Wohnung war. Ähnlich wie einst Friederike stieß und biß sie ihn bei jeder Gelegenheit, und der Sohn hörte von der Mutter nichts mehr als ein zornig ergrimmtes Fauchen.

Eines Tages sagte sie ihm dann gradezu: »Wie lange willst du Fettwanst dich noch in meiner Wohnung breitmachen? Viel zu lange schon habe ich dich hier geduldet! Der Winter steht vor der Türe – glaubst du vielleicht, ich will ihn mit dir gemeinsam in meiner Mooshöhle verbringen, wo du mit deiner Speckschwarte schon jetzt viel zuviel Raum beanspruchst? Marsch, fort mit dir! Trolle dich, Fridolin! Oft genug habe ich dir den alten Fuchsenbau unter dem Moosfelsen gezeigt – jetzt ist noch Zeit genug, ihn instand zu setzen. Frisch ans Werk und aus meinen Augen –!«

Ganz erschöpft von dieser langen Rede, hielt die Mutter atemlos inne und sah den Sohn mit zornig funkelnden Augen an.

Fridolin aber bedachte die sonnenlose Fuchsenhöhle, er bedachte auch die große Arbeit, die es erforderte, sie von Unrat und Gestank zu befreien. Er bedachte ferner die Vorräte, die er in diesen Bau selbst eingetragen hatte, und schließlich dachte er daran, daß er größer und stärker war als seine Mutter.

Darum antwortete er griesgrämig: »Nicht also, Mutter Friedesinchen! Wenn einer aus diesem Bau weichen muß, so bist du es! Du hast schon immer den alten Fuchsenbau gerühmt, der mir gar nicht gefiel – bewohne also auch du ihn! Ich bin der Stärkere, ich habe hierher die Vorräte eingetragen – also mach, daß du hier verschwindest, damit ich endlich vor deinem weibischen Gekeife meine Ruhe habe!«

Damit stemmte sich der Sohn gegen die Mutter und schob sie erst aus dem Kessel, dann durch die Röhre ins Freie, trotz ihres Wehrens und Keifens. Eine Weile saß Mutter Friedesinchen noch im kalten Herbstregen. Dann sah sie ein, daß der Sohn Fridolin recht hatte, denn das Recht des Stärkeren gilt in der ganzen Tierwelt und ist überhaupt das höchste Gesetz allen Lebens. Friedesinchen schniefte noch einmal kummervoll durch die Nase und machte sich dann auf den Weg zum alten Fuchsenbau, brummig an all die Arbeit denkend, die dort ihrer wartete.

Zweites Kapitel

Abenteuer des Füchsleins Isolein und seine Reise in den Hullerbusch. Fridolin wird ausgestänkert und zieht in die weite Welt

Zu jener Zeit, als Fridolin seine Mutter aus ihrer eigenen Höhle verjagte, war er ein stattlicher, gutaussehender junger Mann mit einer dicken Speckschwarte unter dem Fell und mit einem rundlichen Wanst, der fast den Boden streifte. Jedem Dachsfräulein hätte bei seinem Anblick das Schwänzlein vor Vergnügen gewackelt.

Sein straffes, borstenartiges, glänzendes, ziemlich langes Haar bedeckte den ganzen Körper, auch die Ohren. Auf dem Rücken war es weiß-gräulich, mit Schwarz untermischt, nach den Seiten und dem Schwanze zu ging es mehr ins Rötliche über, am Bauch und an den Füßen aber war es schwarzbraun. Der Kopf war weiß; ein schwarzer Streifen verlief zu jeder Seite der Schnauze, er verbreiterte sich, ging über die Augen und über die weißen Ohren weg und verlor sich im Nacken. Von der Schnauze bis zur Schwanzwurzel maß Fridolin drei viertel Meter, sein hübsches buschiges Schwänzchen war noch einmal zwanzig Zentimeter lang; der ganze Fridolin war nicht höher als ein Schullineal, das sind dreißig Zentimeter. Jetzt im Herbst wog er gut ausgemästet fünfunddreißig Pfund – alles in allem ein stattlicher, glänzend aussehender Dachs.

Als es zu frieren anfing, rollte er sich in seiner Höhle zusammen, den Kopf zwischen den Vorderbeinen, und schlief fest ein. Er verschlief Winterstürme und Schnee und Eis, friedlich schlafend lag er da, während die Erde von Frost klirrte, und zehrte von dem Fett auf seinen Rippen und in seinem Wanst. Kamen aber einmal mildere Tage mit Sonnenschein, so spürte das der Dachs tief in seinem dunklen Erdbau. Er erwachte, nieste ein paarmal und schob sich langsam durch die Röhre ans Tageslicht, vorsichtig witternd, ob die Luft auch rein sei. Dann trollte er sich zum See hinunter, soff lange und verrichtete sein Geschäft, wobei er die Losung sorgfältig mit Erde verscharrte, damit keine Spur von ihm seine Anwesenheit verrate.

Darauf stieg er wieder hinauf zu seinem Bau, lag noch ein Weilchen faul in der Sonne und leckte sein Fell sauber. Schließlich fuhr er wieder ein in seine Höhle, fraß einiges an Möhren und Bucheckern, worauf er seinen Winterschlaf fortsetzte.

Dieses Leben führte er bis zur milderen Witterung fort; als erst das Gras grün zu werden, die Bäume wieder auszuschlagen anfingen, war auch sein Tisch wieder reicher gedeckt, und das war auch sehr nötig. Denn der Winterschlaf hatte auch das letzte Gramm Fett aus seinem Körper gezehrt, er war klapperdürr geworden, und von einem hübschen Bäuchlein konnte gar nicht mehr die Rede sein. Keine Dächsin hätte ihn mehr wohlgefällig angeschaut, zumal auch sein Fell über Winter allen Glanz verloren hatte.

Fridolin führte nun dasselbe Leben, wie er es im Vorjahre mit seiner Mutter Friedesinchen geführt hatte, nur daß er eben jetzt allein schlief, sich allein sonnte, allein für sich auf die Jagd ging, und das gefiel ihm auch viel besser. So hatte er doch immer seine Ruhe, den weichsten Platz in der Höhle, und alle guten Bissen gehörten selbstverständlich allein ihm. Bei diesem Leben wurde er bald wieder rundlich, und auch sein Haar bekam neuen Glanz.

Die ermahnenden Worte seiner Mutter Friedesinchen hatte er natürlich längst vergessen, aber er war von Natur vorsichtig. Und doch war er für einen Dachs auch keck, denn er liebte das gute Fressen, und dem Garten, in dem ihn die Asta einst so geängstigt hatte, stattete er jetzt öfter Besuche ab, sehr zum Leidwesen der Herrin, die ihre jungen Karotten und Erbsen dahinschwinden sah – sie wußte nicht, durch wen. Auf einen Dachs riet niemand, so viele Tiere auch in Verdacht gerieten, denn auf Gut Hullerbusch hatte noch nie jemand einen Dachs gesehen.

Auf seinen nächtlichen Futterfahrten traf Fridolin auch einmal seine Mutter Friedesinchen. Er war grade dabei, einen faul gewordenen Baumstumpf auf Käfer und Maden zu durchschnüffeln, als die Mutter nahe vorbei ihre Fährte zog, so nahe, daß sich die beiden fast berührten. Aber der Sohn sah nur einen Augenblick hoch von seinem trefflichen Mahle, dann senkte er den Rüssel wieder in das faulige Holzwerk und schmatzte genießerisch weiter. Auch die Mutter zog ohne Laut dahin, keines wünschte dem andern eine »Fette Jagd!«. Aber das ist so die Art der Tiere: Haben sich die Kinder einmal von der Mutter getrennt, so werden sie fremd, und keines kennt das andere mehr oder steht ihm gar hilfreich bei. –

Der Fridolin hätte nun wohl noch viele Jahre ein beschaulich-griesgrämiges Dasein in der Höhle am Zansenhang geführt, wenn nicht dem Förster Schäffer in Mechow sein Fuchs Isolein von der Kette gekommen wäre. Dieses Füchslein hatte der Förster, als es noch ganz klein am Gesäuge der Mutter lag, mit drei Geschwistern aus einem Fuchsenbau in der großen Mechower Forst aufgegraben, nachdem er die Mutter, eine böse Geflügeldiebin, erschossen hatte. Auch die Geschwister hatte der Förster erschlagen und nur Isolein seiner Tochter Ulla als Geburtstagsgeschenk in der Tasche mit nach Haus gebracht.

Zuerst hatte Isolein auf Ullas Kammer in einer mit Heu gepolsterten Kiste ein stillvergnügtes Dasein geführt. Ulla hatte ihn mit der Milchflasche aufgezogen, und Isolein hatte seine Betreuerin mit grün-listigen Augen zutraulich angeschaut und nach ihren Fingern geschnappt, sooft er nur konnte. Als er aber, größer werdend, damit angefangen hatte, Pantoffeln, Bettdecke, Stuhl- und Tischbeine wie Teppiche zu benagen und vor allem schlimm zu stinken – denn alle Füchse stinken ganz schlimm –, war er auf den Hof in eine verlassene Hundehütte verbannt und an eine Kette gelegt worden.

Dieser Ortswechsel tat seiner Charakterbildung nicht gut, er wurde böse und bissig und fuhr auf jeden los, der sich seiner Hütte näherte; sogar seine gute Betreuerin Ulla biß er einmal ins Bein. Die Leute, als sie erst einmal den bösen, in Isolein wohnenden Geist erkannt hatten, machten sich einen Spaß daraus, ihm Besen oder Stöcke hinzuhalten, und lachten toll, wenn sich Isolein in blinder Wut darin so verbiß, daß sie den am Stock hängenden Rotschwanz weit vom Erdboden hochhheben konnten.

Der Förster Schäffer versuchte, Isolein mit strengen Worten und mit Schlägen zu erziehen und zu bessern; er änderte den Fuchs dadurch, aber er besserte ihn nicht. Denn Isolein ließ nun wohl von seinem blindwütigen Zorne ab, entwickelte dafür aber den richtigen Fuchsencharakter, das heißt, er wurde immer listiger und verschlagener, und niemand durfte Isolein trauen, er mochte noch so sanft und schläfrig in der Sonne vor seiner Hütte liegen.

Das sollten vor allem die Hennen des Försters erfahren, die sich immer sehr für den Inhalt von Isoleins Futterschüssel interessierten. Eine gute Legehenne nach der andern verschwand zum großen Leidwesen der Försterin auf ganz unerklärliche Weise. Als man aber eines Tages das Stroh in Isoleins Hütte erneuerte, fand man darin viele Hühnerfedern – da war das Urteil über den arglistigen Hennenmörder gesprochen. Am nächsten Morgen mit dem frühesten, wenn alle Frauensleute noch schliefen, wollte es der Förster mit seinem Schießgewehr vollstrecken.

Aber am Abend noch eilte die kleine Ulla, ein Schüsselchen mit süßer Milch in der Hand, zu dem verurteilten Mörder. Sie setzte sich zu ihm auf einen Stein, sah zu, wie er die Milch ausschlabberte, und sprach zu ihm: »Isolein, du schlimmes Füchslein, wie konntest du denn auch so böse mit Mutters Hennen verfahren? Bin ich denn nicht zweimal in der Woche zum Fleischer Godenschweger nach Feldberg geradelt und habe für dich Kuheuter, Rinderlunge und Pansen gekauft, damit du auch immer genug Fleisch hättest? Du aber hast das Futter oft nur angefressen, dich dafür aber an Mutters Hennen vergriffen! O du schlimmer Isolein, du!«

Und sie zauste ihn liebevoll-traurig am Fell. Isolein, der seine Milchschüssel leer geschleckt hatte, legte seinen Kopf auf die Knie Ullas und sah seine Betreuerin mit den grünen Augen verschlagen an.

»Isolein«, fing Ulla von neuem an. »Isolein, warum bist du so böse? Haben dir nicht alle hier in der Försterei zu Anfang nur Liebes und Gutes erwiesen, und hast du es ihnen nicht stets nur mit arglistigen Kniffen und Bissen gedankt? Selbst mich hast du in die Wade gebissen, die Magd Liese in die Hand, den Knecht Theo in den Hacken, und bei Vaters besten Langschäftern hast du das Leder über dem Spann so zerrissen, daß der Schuster Stolt in Feldberg gesagt hat, er bekommt sie nie wieder wasserdicht. Kannst du denn für Gutes nur Böses tun, Isolein?«

Das Füchslein, das sich so seine Sünden vorgehalten hörte, hatte die listigen Augen fast ganz geschlossen, die Ohren lagen am Kopf an, und es hatte sich warm und zärtlich in den Schoß seiner Betreuerin geschmiegt, als höre es die schönste Lobrede auf seine Ruhmestaten an.

»Ja«, fuhr Ulla fort, und ihre Finger spielten mechanisch mit dem breiten kernledernen Halsband, in dessen Ring die Kette geknebelt war, »ja, Isolein, jetzt kannst du fromm und zärtlich tun, aber nun ist es zu spät. Drinnen in der Stube sitzt der Vater und putzt seine Büchse, und morgen, wenn die Sonne aufgeht, wirst du erschossen und bist mucksmäuschentot. Ach, Isolein, und ich habe dich mit einer Milchflasche und mit einem Gummisauger aufgezogen.«

Damit fing die gutherzige Ulla heftig zu weinen an, Isolein aber, dem eine Fliege grade vor der Nase herumspazierte, schnappte nach ihr, und sie geriet ihm in die Kehle. Das Füchslein verschluckte sich, es hustete, nieste und ruckte dabei heftig mit dem Kopf; das Halsband, das die spielenden Finger des Mädchens schon fast gelöst hatten, fiel ganz ab …

Im Nu ersah Isolein seine Gelegenheit, undankbar, wie er nun einmal war, schnappte er nach den Fingern Ullas. Laut schrie das Mädchen. Aus dem Hause stürzte der Förster Schäffer, die halb geputzte Büchse in der Hand … Grade noch sah er den Fuchs im Abenddämmern über den Gartensteig dem Walde zuschnüren …

»I du verdammter Hühnerdieb!« rief er, legte die Büchse an und wollte schon abdrücken, als er sich besann, daß sie nicht geladen war. Da war der Fuchs im Walde verschwunden.

Manchen Tag und manche Nacht brachte Isolein in der großen Mechower Forst zu. Ungeheuer und wild deuchte ihn der Wald und voller Gefahren. Bitteren Hunger litt der des freien Lebens Ungewohnte oft, von erbärmlichen Wurzeln seinen wütenden Hunger stillend, er, der die leckere Rindslunge und das Kuheuter Ullas so oft verschmäht hatte. In Kaninchenlöchern mußte er kümmerliche Zuflucht vor Regen suchen, und traf er auf seinen irrenden Hungerfahrten wirklich einmal auf einen andern Fuchs, so gab der ihm nicht guten Rat und Hilfe, sondern beschnüffelte ihn verächtlich und sprach: »Pfui Deibel, du riechst ja nach Menschenfleisch! Scher dich nur wieder dahin, woher du gekommen bist! Im freien Walde hast du doch nichts zu suchen, du Menschenfuchs!«

Wirklich strich Isolein manche Nacht erbärmlich klagend um die Försterei und sah jämmerlich zu den erleuchteten Fenstern hinüber. Einmal traute er sich auch nachts auf den Hof, in der Hoffnung, wenigstens ein Restchen Futter in der Schüssel zu finden. Aber an seiner Statt lag jetzt ein schwarzer zottiger Hund an der Kette; der fuhr bei des Fuchsen Anblick zornig aus der Hütte und bellte so fürchterlich, daß Isolein eilig wieder den schützenden Wald aufsuchte.

Umsonst durchstreifte das unerfahrene Füchslein die weite Mechower Forst, nirgendwo fand er Unterkunft, Nahrung und Hilfe. Er wechselte hinüber in die Brüsenwalder Forst, in die Thomsdorfer Fichten, in die Unbefahrene Heide, in die Reviere Aalkasten und Fegefeuer – es blieb überall das gleiche: Nirgendwo brauchte man Isolein, nirgendwo war eine Lücke, in die er hätte hineinschlüpfen können.

Darum kehrte er immer wieder in seinen Geburtswald, die Mechower Forst, zurück, als wenn er dort sein Glück finden müßte. Und dort war es auch, daß eines Nachts zwei wildernde Dorfköter auf seine Spur gerieten. Sie hetzten und jagten ihn, aus den Buchen in die Fichten, aus den Fichten durch das Gatter auf das freie Feld hinaus und nun immer weiter, durch die Korn- und Kartoffelfelder, immer weiter …

Isolein rannte um sein Leben, nahe waren ihm die blutdürstigen Hunde, wie ein langgestreckter Pfeil am Boden schnürte Isolein lautlos durch die graue Nacht, und laut läutend, mit triefenden Lefzen jagten die Hunde auf seiner Spur. Sie hätten ihn im Freien schließlich wohl doch noch gefaßt, diese beiden blutigen Mörder, aber plötzlich tauchte ein Dorf vor ihnen auf. Ohne Besinnen schnürte der Fuchs die Dorfstraße entlang; die Köter aber, die grade aus diesem Dorfe stammten, aus dem sie heimlich zur verbotenen nächtlichen Jagd entwichen waren – die Köter verstummten plötzlich. Sie fürchteten Prügel, ließen von der Fährte ab, und jeder schlich sich voll schlechtem Gewissen mit eingekniffenem Schweif in seine Hütte.

Isolein machte, daß er ans andere Ende des Dorfes und wieder aus ihm herauskam. Dann legte er sich nahe am Wege zwischen zwei große Steine unter einen dicht verzweigten Schlehenbusch und bedachte sein jammervolles Schicksal. Die wilde Jagd hatte ihn so weit von der Heimat verschlagen, daß er jeden Gedanken daran aufgeben mußte, in seinem Leben noch das Försterhaus mit der freundlichen Ulla und der noch viel freundlicheren Futterschüssel wiederzusehen. Hier lag er abgehetzt im Wegstaube, zum Sterben hungrig, zum Sterben müde, voller Schwären und mit räudigem Fell. Was sollte er noch? Wohin sollte er sich nun wenden? Dies war eine große erbarmungslose Welt, der es nicht auf ein Füchslein Isolein ankam. Er mochte leben oder sterben, niemanden kümmerte es.

Und während das arme Füchslein so empfand, flimmerten die Sterne über ihm am dunklen Nachthimmel, wie sie schon über Millionen Füchsen geflimmert hatten, die gelebt hatten und gestorben waren – niemand wußte mehr von ihnen.

Isolein wachte im Morgengrauen auf aus einem tiefen Schlafe der Erschöpfung. Der Tau hatte sein Fell durchnäßt, ihn fröstelte. Er strich weiter vom Dorf fort, immer den Weg entlang, an dem er geschlafen hatte. Er war noch nicht weit gegangen, da hörte er auf August Schmidts Wiese Frösche quaken. Er wandte sich dorthin und hatte das Glück, zwei von den Hüppern zu schnappen. Dies Morgenfrühstück tat seinem ausgehungerten Magen wohl.

Dann folgte er wieder dem Weg, der bergan auf eine flache Höhe führte. Vorläufig gefiel ihm die Gegend wohl, wenn sie auch jeden Schutzes entbehrte. Sie sah öde und verlassen aus, der Weg war sandig und kaum befahren, graue Steinblöcke lagen überall, und zwischen ihnen hatten sich Brombeeren, Ginster, Schlehen und Wildrosen eingenistet. Zur Rechten blinkte im ersten Frühlicht ein großer See, in dessen Schilf er Enten quarren hörte, und auch zur Linken schien Wasser zu sein.

Isolein setzte seinen Weg fort und stutzte nur einmal, als er wiederum vor sich die grauen Umrisse von Häusern auftauchen sah. Es war aber nur ein einzelner Hof, den er in großem Bogen umstrich. Auf dem Hof hörte er eine Kette rasseln und einen Hund wütend bellen; es war die Asta, der die Morgenluft ein Gerüchlein vom Isolein zugetragen hatte. Aber den Fuchs störte das Bellen nicht, er sah vor sich endlich einen Wald aufragen, und mit einem Gefühl unendlicher Erleichterung betrat er den Hullerbusch. Gleich lief ihm eine Maus in den Weg – ein Happs! und Isolein fühlte sich so gut gesättigt wie seit langem nicht. »Ich denke, hier wird es mir ein wenig besser ergehen«, sprach er zu sich und machte sich sofort an eine Durchsuchung des Waldes.

Drei Tage brauchte Isolein, bis er den ganzen Hullerbusch abgesucht hatte, da kannte er ihn aber auch bis auf den kleinsten Ameisenhaufen. Denn dieser schöne Buchenwald ist nicht groß, ein Fußgänger geht seine Länge in einer knappen halben Stunde ab, für seine Breite braucht er aber nur knapp eine Viertelstunde. Dies war genau das Revier, wie es sich Isolein gewünscht hatte. Kein anderer Fuchs hauste hier, und auch Menschen schienen nur selten in diesen Wald zu kommen. Nahrung aber gab es in Hülle und Fülle.

Das wichtigste war nun für ihn, ein Quartier zu finden, denn er mochte nicht länger unter Büschen und in schäbigen Kaninchenlöchern übernachten. Nein, er brauchte einen richtigen Bau mit einer Reihe von Röhren, durch die er, wenn er doch einmal von Hunden oder von Menschen verfolgt wurde, flüchten konnte. Nun hätte Isolein sich ja selbst solch eine Höhle bauen können, er hatte ja die Pfoten dazu, aber einmal hatte ihm das Graben nie eine Mutter gezeigt, zum andern aber war er viel zu schwach, auch viel zu bequem für eine solche Arbeit. Er hatte ja nicht weniger als drei Baue im Hullerbusch gefunden, und frech, wie er von Natur einmal war, fand er, ihm stand die

Wahl zwischen diesen drei Bauen offen. Die Höhle Friederikens am freien Hang nach den Feldern zu verwarf er von vorneherein, und zwar aus denselben Gründen, aus denen sie einst Mutter Friedesinchen verworfen hatte: Sie lag ihm viel zu offen, also gefährlich. – Aber auch der alte Fuchsenbau, den jetzt die Dächsin bewohnte, fand seine Billigung nicht, weil er ihm zu feucht und modrig vorkam.

Blieb also nur der schöne Bau unter den licht stehenden Buchen am Zansen-Südhang, den Fridolin innehatte, und wirklich war es dieser Bau, auf den Fuchs Isolein ein begehrliches Auge geworfen hatte. Es konnte freilich kein Gedanke daran sein, sich mit Gewalt in den Besitz dieser so erwünschten Wohnung zu setzen, dafür war der ausgemergelte Fuchs zu schwächlich. Ein paarmal schon hatte er bei seinem Spionieren den Dachs behaglich in der Sonne liegen sehen, hatte seine starke, wohlgenährte Gestalt betrachtet und sein kräftiges Gebiß bewundert. Aber das schreckte Isolein nicht, er fühlte sich viel hoffnungsvoller, seit er die Mechower Forst verlassen hatte, und meinte, hier im Hullerbusch müsse ihm alles gelingen, also auch das Wohnungbesorgen. Er hoffte fest darauf, der Dachs werde ihn gerne in seinen Haushalt als Gefährten aufnehmen.

Ein erster Versuch freilich, sich bei Fridolin anzubiedern, schlug völlig fehl. Als der Dachs an einem schönen Sommermittag behaglich auf dem Rücken in der

Sonne lag und sein Bäuchlein leise grunzend wärmte, nahte sich ihm auf leisen Sohlen, den dürren Bauch demütig fast im Staube schleifend, der Fuchs, schob sich ganz nahe an den Dachs heran und sonnte sich nun Seite an Seite mit ihm, der eine auf dem Rücken, der andere auf dem Bauche liegend, der eine schläfrig satt, der andere wachsam mit listig blinzelnden Augen.

Fridolin, in den angenehmsten Träumen gestört, lag eine Weile vor Überraschung stockstill, dann sah er ein paarmal rasch nach der Seite. Er hatte noch nie einen Fuchs gesehen, aber dieses Tier schien ihm eine gewisse Ähnlichkeit mit den verhaßten Hunden zu haben. Zudem stieg ihm immer stärker der Geruch des Fuchses in die empfindliche Nase, ein Geruch, der ihm äußerst verhaßt war und den er richtig als Gestank bezeichnete.

Fridolin war sonst ein bequemer Geselle mit langsam denkendem Kopf, aber dieser Gestank beschleunigte seine Denkfähigkeit: Rasch wandte er sich zur Seite und versetzte dem Fuchs einen derben Schmiß mit seinen Zähnen. Jammer heulend sprang der Fuchs auf und entwich in die Büsche. Der Dachs aber, ergrimmt über diese Störung seiner Einsiedelei, zog sich in seine dunkle Höhle zurück und dachte halb schlafend über die Fehlerhaftigkeit dieser Welt nach, in der es auch dem frömmsten Dachs nicht vergönnt ist, seinen Bauch in Frieden zu sonnen.

Es dauerte zwei Tage, bis Isolein es wagte, sich wieder dem bissigen Einsiedler zu nahen. Diesmal fing er es klüger an: In einiger Entfernung vom Dachs legte er sich demütig auf den Bauch in den Staub, im Maule aber trug er als Gastgeschenk eine große Ringelnatter, die er mit großer Überwindung seinem knurrenden Magen abgespart hatte.

Fridolin blinzelte einmal, Fridolin blinzelte zweimal ... Eine fette, fast einen Meter lange Ringelnatter ist ein ausgezeichnetes Mittagessen. Auf dem Bauche schob sich der Fuchs immer ehrerbietiger näher, schließlich spuckte er dem Dachs die Ringelnatter grade vor die Füße. Fridolin faßte zu und verzehrte mit Behagen die ihm gebotene Gabe. Der Fuchs Isolein, jetzt auf seinen Hinterkeulen sitzend, sah aufmerksam zu, bewegte die buschige Rute wohlwollend von rechts nach links und von links nach rechts und begleitete jeden Bissen mit vor Hunger gierigen Augen aus dem Maule durch den Schlund in den Magen, wobei ihm vor Neid der Speichel von den Lefzen troff.

Als aber der Fuchs nach beendetem Mahle sich zärtlich-demütig näher an seinen Kostgänger heranschieben wollte, fuhr der schon wieder mit den Zähnen zu. Der Fuchs sprang vor Schreck mit allen vier Beinen auf einmal in die Luft und floh, so schnell er nur konnte. Fridolin aber zog sich wiederum in seinen Bau zurück und überlegte, ob denn diese ewigen Störungen nie abreißen sollten.

Demut, Höflichkeit und Gastgeschenk hatten dem

brummigen Einsiedler gegenüber nichts geholfen, jeder andere als ein Fuchs hätte den Mut verloren. Aber ein Fuchs bleibt ein Fuchs, und wenn er auch zehnmal in einem Försterhause mit einer Milchflasche aufgezogen worden ist. Isolein besann sich auf eine Eigenschaft, die er in viel stärkerem Maße besaß als Höflichkeit und Demut, nämlich auf die Frechheit. Wohl hinter einem dicken Buchenstamm verborgen, wartete er in der Nacht, bis der Dachs seinen Bau verließ, um auf die Nahrungssuche zu gehen. Lange dauerte es, bis der Schwerfällige sich aus der näheren Umgebung entfernte; in sich hinein lachte Isolein, wenn er den Dachs jeden Stein und jedes Rindenstück umständlich umwenden sah. In der Zeit, die Fridolin für hundert Meter Weg brauchte, wäre der schnelle Isolein um den ganzen Hullerbusch herumgelaufen!

Kaum aber war der Dachs ganz entschwunden, fuhr Isolein in den Bau ein. Er fand ihn noch viel kunstvoller angelegt als erwartet, die Notröhren entsprachen allen Anforderungen, und den mit Farren, langem Gras und Moos gepolsterten Schlafraum konnte man direkt als elegant bezeichnen. Nur eines störte den Fuchs an diesem sonst so zufriedenstellenden Bau: Er roch nach gar nichts, er roch wie reine Luft, eben wie nichts, und er war so unanständig sauber!

Wenn es ein richtiger Fuchsenbau gewesen wäre, so hätte hier die allerdickste Luft geherrscht, es hätte schön nach verludertem Wild, nach Aas, nach faulendem Fleisch und nach Fuchsenlosung gerochen. Dann wußte man doch, wo man war, nämlich nicht draußen im wilden Walde, sondern gemütlich daheim bei Fuchsens. Schon an den obersten Ausgängen mußte man riechen, wer da unten wohnte. Wie vollendet wäre dieser Bau gewesen, wenn die Gänge ein bißchen mit alten nassen Hühnerfedern garniert gewesen wären, wenn aus dem Boden der Röhren da und dort ein faulender Knochen gespießt hätte und wenn in jedem Gang ein wenig Kot gelegen hätte – dann wäre dies hier ein richtiges Fuchsenparadies gewesen –!

Vom Gedanken zur Tat war nur ein Schritt: Der Fuchs Isolein hob den Schwanz, zog den Rücken krumm wie eine Katze, und schon hatte er dem Dachs mitten in das wohlige Bett einen kräftigen Haufen Losung als Visitenkarte hingesetzt.

Wie erschrak aber Fridolin, als er von seinem Nachtausflug heimkehrte! Schon bei dem Einschlupf in seinen Bau erschnupperte er, daß etwas nicht in Ordnung war. Immer widerwilliger Atem holend, schob er sich tiefer in die Röhre und wäre fast vor Gestank umgesunken, als er sein Wohn- und Schlafgemach betrat! Er ahnte wohl, welcher Schurke ihm diesen Gruß mitten ins Bett gesetzt hatte, aber was half ihm jetzt solche Ahnung? Was hätte es ihm geholfen, wenn er den Fuchs hiergehabt hätte? Selbst Isolein zu töten hätte nichts geholfen, davon ging der Gestank, der die ganze Höhle verpestete, auch nicht fort!

Zuerst war Fridolin ganz ratlos, wie er diesen Dreckhaufen, die Quelle allen Gestankes, beseitigen sollte, denn er hätte es nie über sich gebracht, ihn zu berühren. Schließlich geriet er darauf, die Erde rundherum tief aufzugraben, dann das stinkende Plätzchen zu unterhöhlen, bis alles in der Tiefe versank und nun fest mit Erde bedeckt werden konnte.

Aber mit dem Verschwinden der Losung war der Gestank noch lange nicht aus dem Bau abgezogen. Fridolin mußte sich entschließen, diese Nacht außerhalb des Baus zu verbringen. Es tropfte leise von den Buchenblättern; sooft Fridolin auch umzog, er fand kein ganz trockenes Plätzchen. An einen ruhigen, gemütlichen Schlaf war nicht zu denken. Schon bisher war Fridolin – wie jeder Dachs – griesgrämig, menschen- und tierscheu gewesen, dies Erlebnis steigerte solche Gefühle ins ungemessene: Er haßte die ganze Welt und wünschte nichts, als allein zu sein.

Der Fuchs Isolein aber hatte hinter seiner Buche sowohl Ein- wie Ausfahrt des Dachses beobachtet, er hatte auch gesehen, wie Fridolin trotz der regnerischen Nacht im Freien zu schlafen versucht hatte: Er sah, er war auf dem rechten Wege, und beschloß, so fortzufahren, wie er begonnen.

Von diesem Tage an hatte Fridolin keine ruhige Minute mehr, sein Heim wurde ihm zur Hölle. Hatte er es endlich gesäubert und gut durchlüftet, den Kessel mit weichen neuen Polstern versehen, auf denen er sich, von der vielen Arbeit ermattet, zur Ruhe gelegt hatte, so weckte ihn nach kurzem wieder der verhaßte Gestank. In irgendeiner der Röhren hatte der sich listig einschleichende Fuchs eine neue Visitenkarte hinterlegt, und die Arbeit begann von neuem.

Darüber wurde der Dachs Fridolin nicht nur immer weltfeindlicher und griesgrämiger, sondern er verfiel auch körperlich völlig; das schöne runde Bäuchlein schwand dahin, und von der Speckschwarte unter dem matt gewordenen Haarpelz war nichts mehr zu spüren. Der Fuchs Isolein hingegen, der sich fleißig tummeln mußte, um den Bauch mit so viel Nahrung zu füllen, daß er stets eine neue Ladung für die Dachsenwohnung bereit hatte – der Fuchs Isolein gedieh immer besser. Keck schaute sein grünes Auge in die Welt, brandrot leuchtete sein Pelz, und die buschige Rute trug er voll und in einem leichten, triumphierenden Bogen nach oben. Alle Scheu, die ihn im Försterhaus und im Mechower Revier befangen hielt, war von ihm gewichen, den Hullerbusch sah er für sein Revier an und fühlte sich als König darin.

Auf den Gedanken, den arglistigen Gegner zu stellen und sich mit ihm einmal im Kampfe zu messen, kam der Dachs nicht: Für so etwas war er viel zu bequem und träge. Tatsächlich sah er den Fuchs Isolein nie wieder. Es kam die Nacht, da Fridolin, von seinem nächtlichen Freßgange heimkehrend, den Bau wiederum verpestet fand, verpestet an drei, vier Stellen, verpesteter denn je. Eilig flüchtete er aus ihm in die reine Nachtluft, jeden Gedanken an eine nochmalige, doch fruchtlose Reinigung aufgebend: Der Fuchs hatte sein Ziel erreicht, er hatte den Dachs ausgestänkert.

Vor seinem Bau sitzend, beklagte Fridolin diese so schlecht eingerichtete Welt, in der der Friedliche ohne Wehr dem bösen Feinde ausgeliefert ist. Er bedachte nicht einen Augenblick, daß es ihm nicht anders erging als seiner Mutter Friedesinchen: Jetzt war er aus demselben Bau ausgetrieben worden, aus dem er seine Mutter so unbarmherzig verjagt hatte. Aber das fiel ihm nicht ein. Er war unzufrieden mit der Welt, er haßte sie. Es verlangte ihn nach einem Fleck, auf dem es keine Hunde, keine Menschen und vor allem keine Füchse gab, sondern nur Kleingetier, das ihn nicht störte, sondern das er verspeisen konnte – kurz, es verlangte den Fridolin schon auf Erden nach dem Dachsenhimmel.

Leichtlich hätte er nun tiefer in den Hullerbusch gehen und seine Mutter aus dem alten Fuchsenbau vertreiben können. Aber der ganze Hullerbusch, einst ihm so lieb, war ihm jetzt verleidet; er wollte den schönen Buchenwald nicht mit dem verhaßten Fuchs teilen.

So beschloß er denn, in die Welt hinaus zu wandern, seinen Geburtswald zu verlassen und in der Fremde sein Glück zu suchen. Irgendwo müßte er doch das Dachsenparadies finden, meinte Fridolin.

Drittes Kapitel

Fridolins seltsames Abenteuer mit der Leitkuh Rosa und sein erstes Bekanntwerden mit einigen Ditzens

Der Dachs Fridolin trabte mit mißmutig gesenkter Rute durch den Wald. Schwer ist es doch, seinen Geburtsort und die liebgewordene Heimstatt aufzugeben. Fridolin war überzeugter denn je, daß diese Welt sehr schlecht eingerichtet ist und daß er ein Recht hatte, mit ihr unzufrieden und übellaunig zu sein. Er war so verdrießlich, daß ihn sogar sein eigener Schwanz ärgerte. Sehr gut hatte er die kunstvoll geschwungene Rute des Fuchses Isolein bemerkt, und während er jetzt so durch den Wald dahinschlich, haderte er mit dem Schöpfer aller Dinge, daß er den Dachsen nur solch borstiges schwärzlich-gräulich-rötliches Schwänzlein verliehen hat, den stinkenden, unverschämten Füchsen aber solch stolze, anmutige, brandrote Rute.

»Wie kommt unser Schöpfer«, sprach er bei sich und schnappte dabei nach einem Frosch, der sich aber seinem Verfolger durch einen künstlichen Kopfsprung in ein Moorloch entzog, was die Laune Fridolins nicht verbesserte, »wie kommt unser Schöpfer«, sprach also der Dachs zu sich selbst, »denn dazu, solchen nichtswürdigen Halunken und Banditen eine so schöne Rute zu verleihen? Wird denn die Schlechtigkeit auf dieser Welt belohnt und die Tugend bestraft? Habe ich nicht immer still und fromm für mich hin gelebt, bin fleißig meiner Nahrungssuche nachgegangen, habe meine Wohnung hübsch saubergehalten und im übrigen mein Leben, wie sich das gehört, verschlafen? Und nun kommt so ein heimatloser Herumtreiber daher, jagt mich aus meiner Behausung und wird dafür noch mit einem brandroten Schweif, schnellen Läufen und grün leuchtenden Lichtern belohnt?! Wenn unser Schöpfer nur einen Funken von Gerechtigkeitsgefühl in seinem Kopfe hätte, so würde er mich mit allen diesen Vorzügen des Fuchses geschmückt, diesem schamlosen Frechling aber meinen schleichenden Gang und mein unscheinbares Fell verliehen haben! Aber ach! es gibt keine Gerechtigkeit auf dieser Welt, und ein armer Dachs muß viel leiden, ehe er eine ruhige Heimstatt findet, in der ihn keiner belästigt.«

So sprach Fridolin zu sich bei seinem Auszuge aus dem Hullerbuschwalde. Er übersah dabei vollkommen, daß er, wenn ihm der Schöpfer aller Tiere wirklich den schnellen Lauf, das rote Kleid und die grünen Augen des Fuchses gegeben hätte, daß er dann eben ein Fuchs und kein Dachs gewesen wäre, ein Fuchs, mit allen dem Fridolin so verhaßten Eigenschaften dieses Tieres. Fridolin wollte in Fuchsgestalt wie ein Dachs leben. So etwas aber ist nicht möglich auf dieser Welt.

Weiter aber vergaß Fridolin vollkommen, daß er gar

nicht so sittsam und fromm und ohne jemandem ein Leid zu tun, gelebt hatte, wie er sich einbildete. Nicht nur hatte er seine Mutter aus ihrer eigenen Wohnstatt verjagt, sondern er hatte auch bei seiner Nahrungssuche Tausenden von Würmern, Käfern, Fröschen das Leben genommen, manchen jungen, aus dem Nest gefallenen Vogel trotz der jämmerlichen Bitten der Eltern verspeist und viele Wespen-, Hummel- und Bienennester des so notwendigen Winterhonigs beraubt. Kurz, Fridolin hatte andern Leiden bereitet, um selbst leben zu können – nach einem ewigalten Gesetz allen Lebens. Er mußte so tun, denn der Trieb dazu lag in ihm von Geburt an; er hatte aber kein Recht, den Fuchs zu beschimpfen, wenn der nach seinem Triebe handelte. Und gar den Schöpfer und die Einrichtung der ganzen Welt zu schelten war vollends töricht, denn nur weil die Welt und jedes Tier auf ihr so war, wie es war, war der Dachs ein Dachs geworden, also ein nach Frieden und Einsamkeit sich sehnendes Tier, und etwas anderes wollte er ja in Wahrheit auch gar nicht sein.

Während der Dachs vor sich hin sprach, war er aus dem Hullerbusch hinausgekommen und trottete nun über das freie Feld. Er näherte sich dem Gemüsegarten des Gutes, und weil er sich vor Aufregung und Ärger ganz hohl im Bauche fühlte, beschloß er, diesem Garten einen Besuch abzustatten. Der Wind strich grade von Fridolin zu Asta hinüber und wehte der gelbschwarzen Schäferhündin den Dachsengeruch schön in die Nase. Die Hündin tobte wie wild an der Kette, Fridolin aber ließ sich in dieser Nacht nicht durch ihr Gebell stören. Wie man so sagt, war dem Dachse alles egal, vor allen Dingen wollte er fressen. Der sichelförmige Mond sah vergnügt blinzelnd auf den verlassenen Hof, die tobende Hündin und den futternden Dachs hinab.

Dieses Mal aber schmeckte Fridolin sein Nachtessen gar nicht. Er fand die Mohrrüben holzig, die Erbsen bitter und saftlos. Einigen Trost gewährten ihm ein paar Schnecken, die er in den längst abgeernteten Erdbeeren aufstöberte, aber der Blumenkohl wieder war schon blau geworden – nicht einmal ihren Garten konnten diese weißen Zweibeine, die Menschen, in Ordnung halten. Man mußte sich nur wundern, wozu solche Geschöpfe überhaupt auf der Welt waren?

Am Hofe vorbei wanderte Fridolin weiter, immer vom Hullerbusch fort. Zufällig hatte er dieselbe Straße gewählt, die der Fuchs Isolein auf seinem Einmarsch in den Buchenwald gegangen war. Freilich war Isolein sehr viel schneller vorangekommen als der schwerfällige Dachs, der auch noch in jedem Graben stöberte und alle Steine umdrehte, ob er nicht etwas Freßbares fand. Diese Nacht aber war ihm nicht günstig, sein Magen blieb in einem Knurren.

Dafür fand er bei Utnehmers Hafer eine große Pfütze, in der er ein erfrischendes Schlammbad nahm, das machte ihn wieder ein wenig munterer. Da der

Wind kühler zu wehen, der Tau zu fallen anfing, auch die Mondsichel immer bleicher wurde, der Morgen also nahte, fand es Fridolin an der Zeit, sich nach einem Quartier für den Tag umzusehen.

Er wandte sich links ab vom Wege, strich erst durch Utnehmers Hafer und kam dann auf ein trockenes und wüstes Land, auf dem nur altes Gras, ausgebranntes Moos, Ginster und riesige Feldsteine nebst uralten Wacholderbüschen standen und lagen. Hier war erst recht nichts für den Dachs zu finden, keine Nahrung, kein Obdach; unwillig schimpfend über das immer miserabler werdende Land, wanderte er weiter, bis er an einen derben Koppelzaun kam, zwischen dessen Schleeten er aber leicht hindurchschlüpfen konnte.

Hier war er wiederum auf einem Südhang zum Zansensee hinab. Aber nicht mit schönen, weit reichenden Buchenbäumen war dieser Hang bestanden, sondern nur mit einem Wildwuchs aus Brom- und Himbeeren, aus wilden Rosen, aus Holunderbüschen und aus vielen, vielen hochgewachsenen Haselbüschen. In früheren Zeiten hatte es auf diesem Hang von Kaninchen gewimmelt; jetzt waren ihre unzähligen Bauten verlassen und verfallen, kein einziges Kaninchen war von dem einstmals mächtigen Volke übergeblieben. Zwei bitterböse Winter und die Flinte des Jagdaufsehers Friesicke hatten auch die letzten ausgerottet.

Doch fand der Dachs in ihren Bauten die Möglichkeit zu einem Unterschlupf; da der Morgen schon nahe war, erweiterte er eilig eine Röhre, daß sie ihm Raum zum Schlafen bot. Schnell schob er sich rückwärts hinein, mit der rüsselförmigen Nase dem Tage zugewandt, lag er im engen Rohr. Noch schob er einige Erde vor und über sich, daß kein Licht seine Augen stören konnte, und schon war Fridolin, völlig ermattet von den ungewohnten Anstrengungen dieses Tages, eingeschlafen.

Aber auch jetzt sollte er nicht vom Glück begünstigt werden, und nicht ungestört sollte er schlafen dürfen. Er war nämlich an einen Platz geraten, den die Leute im nahen Dorf Schmied Rechlins Koppel nennen. Müde und mißmutig, hatte der Dachs sich nicht die Zeit genommen, die Umgebung abzusuchen, sonst hätten ihn die überall reichlich herumliegenden Kuhfladen darüber belehren müssen, daß er nicht der einzige Bewohner dieses Hanges war. Tatsächlich fristeten auf ihm tagsüber noch drei Kühe und zwei Haupt Jungvieh ein kärgliches Leben und suchten, immer wieder von neuer Hoffnung belebt, zwischen Haseln und Dornen nach ein paar Hälmchen, mit denen sie ihre mageren und hungrigen Bäuche füllen könnten.

Auch an diesem Morgen wurden die Kühe auf die erbärmliche Koppel gejagt, die Schleete am Eingang wurden vorgelegt, und nun mochten sie sehen, wie sie mit dem langen Tag und ihrem Hunger fertig wurden. Zuerst gingen sie einmal ins Wasser und soffen sich voll, und das war wirklich auch fast das einzige, was es hier reichlich gab: Wasser, und dann freilich noch im Übermaße gute, frische Luft.

Weil sie nun einmal im Wasser standen und weil sie sehr trübe über die Aussichten dachten, auch nur ein Maulvoll über Nacht frisch gewachsenes Gras zu finden, blieben sie erst einmal eine ganze Zeit im Wasser stehen. Träge klatschten sie manchmal mit ihren schmutzigen Schwänzen nach den Fliegen und sahen betrübt vor sich hin, während kleine Barsche und Rotaugen vergnügt zwischen ihren Beinen umherschossen.

Darüber verging wohl eine ganze Stunde, und diese Stunde verschlief Fridolin wirklich höchst angenehm. Er träumte, er schlafe in seinem alten Bau, habe einen seidigen Fuchsschwanz und elegante Läufe, der böse Fuchs Isolein aber sei in den Zansensee gefallen und kläglich ersoffen. Fridolin nieste einmal kräftig – ein Erdkrümchen von der Bedeckung war in seine Nase geraten – und schlief weiter.

Nach Ablauf dieser Stunde hob die älteste Kuh, die Leitkuh Rosa, den Kopf – leise bimmelte die Glocke an ihrem Halse –, sie warf einen trübblauen Blick auf den Hang und entschloß sich, das Fußbad zu verlassen. Langsam entschritt sie dem Wasser, langsam folgten ihr die andern vier. Die Leitkuh Rosa schüttelte das Wasser von sich und fing an, den steilen Hang zu erklettern, wobei sie sich vorsichtig zwischen den Dornbüschen hindurchwand, ab und zu ein Maulvoll des dürren

Mißwuchses versuchend, wobei sie anklagend die blauen Augen zum Himmel erhob. Jämmerlich bimmelte dann das Glöcklein. Das andere Rindvieh verstreute sich über den Hang, oben, unten wie in der Mitte ging es auf die Futtersuche, überall bimmelte es höchst kläglich.

In Rosas Schädel war die Erinnerung an eine schluchtartige Senke ziemlich am Ende der Koppel erwacht. Diese fast buschfreie, sehr steile Senke wies eine dichte kurze Grasnarbe auf, die, hundertfach betreten und abgebissen, vielleicht doch über Nacht ein ganz klein bißchen nachgewachsen war. Nachdem Rosa also den oberen Koppelzaun erreicht hatte, zwängte sie sich fast eilig zwischen den Büschen hindurch, um jene Senke als erste zu erreichen.

Dabei geschah es ihr im blinden Eifer, daß sie in den vom Dachs Fridolin aufgegrabenen Erdhaufen trat. Die Leitkuh Rosa verstauchte sich dabei den Fuß, der Dachs Fridolin wurde durch einen derben Stoß auf den Kopf aus seinem Schlummer gerissen. Erschrocken fuhr er aus dem ihn so schlecht schützenden Bau und wies für alle Fälle, auf den Boden gekauert, einer etwaigen Gefahr die Zähne, wobei er ein drohendes Fauchen ausstieß.

Die Kuh Rosa dachte, vorläufig viel zu erschrocken, noch gar nicht an ihren verknacksten Fuß. Sie starrte völlig verblüfft auf das kleine wütende Tier, das da so unvermutet aus der Erde hervorgekommen war.

So verhielten die beiden eine ganze Weile einander gegenüber, sich anstarrend. Allmählich wurde das Fauchen Fridolins leiser, und die Lefzen legten sich wieder über das entblößte Gebiß, als der ungeheure schwarzweiß gefleckte Berg so gar keine Anstalten machte, feindlich zu werden. Rosa aber schüttelte wehmütig ihr Haupt – kläglich wimmerte das Glöcklein –, sie wollte das vierte Bein aufsetzen, und ein stechender Schmerz hinderte sie daran. Es war selbstverständlich, daß Rosa, deren Geistesgaben nie sehr entwickelt waren, diesen Schmerz mit dem kleinen gräulichen Wesen mit dem weißen Gesicht in Verbindung brachte. Wißbegierig streckte Rosa die Nase vor und schnüffelte nach dem nie gesehenen Tier ...

Der Dachs Fridolin, der seinerseits glaubte, nun sollte er von dem Berg gefressen werden, fuhr zu und biß sich in Rosas schwarzer feuchter Schnauze fest ...

Einen solchen Schreck hatte Rosa noch nie in ihrem Leben bekommen! Sie hob den Schwanz, und – unanständige Töne von sich gebend – raste sie hangabwärts, hangaufwärts, den Hang entlang, ins Wasser, wieder aus dem Wasser, hinauf, hinauf –! Rosa durchbrach in ihrer irren Angst die Schleete des Koppelzauns und raste in wildem Galopp über den Hauptmannsberg fort, dem Dorfe zu, wo vertraute Leute ihr wohl Hilfe brächten – und der vor Angst ebenfalls ganz dumm gewordene Fridolin hing noch immer verbissen an ihrem Maule –!

Es arbeiteten Leute mit ihren Gespannen auf den Feldern, sie sahen Rosa, die Leitkuh des Schmiedes Rechlin, in wilder Jagd dem Dorfe zustürmen, mit erhobenem Schwanz – kläglich bimmelte das Glöcklein –, und von Rosas Kopf hing ein Tier!

»Ein Marder!« riefen die einen, ließen ihre Pferde stehen und liefen der wild gewordenen Kuh nach.

»Ein Wolf!« schrien die andern, ergriffen Peitsche oder Mistforke und stürmten ebenfalls hinterdrein.

Manche leichtfertigen Leute aber fingen bei diesem ungewohnten Bilde zu lachen an. Sie lachten immer döller, als sie diese wilde Jagd sahen. Nun tauchten, über die Kuppe des Hauptmannsberges kommend, auch die andern vier Haupt des Rechlinschen Rindviehs auf, die erstaunt ihrer bewährten Leiterin folgten. Als sie Rosa schon nahe dem Dorfeingang sahen, verfielen sie in einen schlanken Trab; die leichtfertigen Leute aber hielten sich die Bäuche und setzten sich vor Lachen auf die Erde.

Jeder weiß es, daß beim Dorfeingang, besonders zur rechten Seite des Weges, wenn man vom Hullerbusch kommt, viele große Feldsteine liegen: Rosa, in Angst und Schmerz auf nichts mehr achtend, stieß gegen einen solchen Fels, sie fiel hin und muhte jämmerlich …

Kaum hatte der Dachs die liebe Erde berührt, war es, als wenn wieder Besinnung in ihn zurückgekehrt sei. Er ließ das Maul Rosas los, in das er sich so fest verbissen hatte, und fuhr erst einmal in die dort stehenden

Schlehen, mitten zwischen ein Volk Hühner, das empört gackernd das Weite suchte. Da der Dachs nun aber die Schritte und Schreie der herbeistürmenden Männer hörte und sein wiedererwachter Verstand ihm sagte, daß die Schlehen ihm keinen Schutz gewähren würden, lief er in ihnen weiter, überquerte dann die Straße, keuchte an Güldners Bretterzaun entlang, bog um eine Ecke und entdeckte glücklich mehrere hohe Stöße kleingeschlagenen Holzes, zwischen denen er sich aufatmend verkroch. Erst einmal empfing ihn Dunkel und Stille. Leise legte er sich hin …

Unterdessen hatte die Kuh Rosa sich wieder erhoben und war, auf drei Beinen hinkend, zum Durchfluß im Dorfe gepilgert, wo sie sich ins kühle, fließende Wasser gestellt hatte. Abwechselnd kühlte sie ihren verstauchten Fuß und die blutende Schnauze und verstand von der ganzen Welt nichts mehr. Die beiden andern Schmiedekühe und die beiden Haupt Jungvieh standen um ihre Leiterin und sahen sie mit blauen Augen dumm an. Dazu muhten sie leise, was etwa heißen sollte: »Es ist ganz entsetzlich, aber was ist eigentlich geschehen?«

»Ja, was ist eigentlich geschehen?« fragten sich auch die Leute, die mit Peitschen und Forken der Kuh zu Hilfe geeilt waren. »Was war das für ein komisches Tier, das der Kuh am Kopfe hing?« So fragten die Leute.

Es hatten Kinder bei den Häusern am Dorfeingang gespielt, und eines von ihnen, der Wolfgang Hartig, den man nur den »Leutnant« nannte, erklärte: »Es war ein Tier wie ein Wolf mit glühenden Augen, und es lief ganz schnell um die Ecke in unsern Schweinestall – davon schreien unsere Schweine so.«

Wirklich quiekten die Hartigschen Schweine gewaltig, aber nicht wegen eines Wolfes, sondern weil sie gierig ihr Futter forderten. Die Leute liefen mit ihren Peitschen und ihren Forken in den Schweinestall, aber soviel sie dort auch herumsuchten, sie fanden das böse Tier nicht. So fragten sie wieder, was das wohl für ein Tier gewesen sei –?

Darauf sagte ein anderes Kind, das dort gespielt hatte, ein Mädchen mit Namen Gisela Lindenberg: »Es war ein langes Tier mit einem buschigen Schwanz wie ein Marder, und es lief empor an dem Güldnerschen Hause und hinein in den Taubenschlag. Hört doch, wie aufgeregt die Tauben gurren und hin und her trippeln!«

Wirklich gurrten und trippelten die Tauben sehr, aber nicht wegen eines Marders, sondern weil Frau Güldner in all dem Durcheinander vergessen hatte, ihnen Körner zu streuen. So war auch diese Nachsuche im Taubenschlag erfolglos, und wieder standen die Leute, kratzten sich die Köpfe und fragten sich nach Art und Verbleib des Tieres.

Nun war da noch ein kleiner Junge mit blonden Locken, der Achim Ditzen hieß, und dieser Junge sagte: »Es war ein graues Tier mit einem weißen Gesicht und einer spitzen Schnauze, und es lief dort zwischen das Holz.«

Weil der Junge aber noch so klein war, hörten die Leute nicht auf ihn, sondern gingen allmählich auseinander, die einen zurück zu ihren Gespannen auf den Acker, die andern brachten Rosa heim in den Stall zum Schmied Rechlin.

Der kleine Junge Achim aber ging an das Holz heran und guckte hierhin und spähte dorthin, aber weil er ins Stickendustere sah, konnte er den Dachs nicht sehen. Fridolin aber sah den Jungen, der im hellen Sonnenlichte stand, sehr wohl, und er dachte mürrisch: Schon wieder so ein gräßliches Zweibein! Seit ich diesen elenden Fuchs Isolein gesehen habe, bin ich doch förmlich vom Pech verfolgt! Was für ein gräßlicher Tag ist dies nun wieder! Wohin bin ich nur geraten? Es riecht hier ganz abscheulich nach vielen unbekannten Sachen, hauptsächlich aber nach Zweibeinen. Hier will ich bestimmt nicht bleiben, sondern mir ein schönes einsames Loch suchen, in dem mich nichts stören kann. Aber bis zum Dunkelwerden muß ich hier schon aushalten. Ich will mal sehen, ob ich nicht auf den Riesenschreck ein kleines Auge Schlaf nehmen kann. Der kleine Zweibein wird mir wohl nichts tun. Und Fridolin schloß die Augen.

Zu dieser Tageszeit sagte die Mutter Ditzen zu ihrem Mädchen, das man im ganzen Dorf nur die Mücke nannte: »Liebe Mücke, der Achim ist schon so lange fort, sicher treibt er wieder einen Unfug. Sieh doch einmal, ob du ihn nicht irgendwo findest, und bring ihn mir dann. Er muß auch noch eine Schnitte essen.«

Das Mädchen Mücke war ein furchtbar braves Kind, wie es sie sonst eigentlich nur in den Märchenbüchern, in denen alles gelogen ist, gibt. Es war immer überglücklich, wenn es für seine Mutter einen Gang tun oder etwas arbeiten konnte, und so sagte es auch diesmal: »Liebe Mummi, das ist ja großartig, daß ich etwas für dich tun kann! Am liebsten würde ich ja bis Neustrelitz barfuß über spitze Steine laufen, um den Achim zu suchen. Ich werde ihn aber wohl leider schon im Unterdorfe finden.«

Damit legte das artige Kind den siebenundfünfzigsten Karl-May-Band, in dem es grade las, genau auf den bestimmten Platz, wusch sich die Hände, kämmte sich das Haar und prüfte im Spiegel, ob es auch ordentlich genug war, ins Dorf zu gehen. Dann sagte es noch im Vorbeigehen in der Küche: »Haltet bitte die Teddy im Hause, sonst läuft sie mit mir mit und jagt die Gänse.« Denn die Ditzensche Hündin Teddy war eine große Unfugstifterin.

Das Mädchen Mücke ging in das Dorf, und wirklich fand es seinen Bruder Achim schon nach fünf Minuten hinter dem Hartigschen Haus beim Brennholz stehen und immerzu in einen Spalt gucken. »Komm, Achim«, sagte die Mücke und faßte ihn bei der Hand. »Du sollst nach Haus gehen und ein Butterbrot mit gezuckerten Himbeeren essen – ist das nicht fein?«

Der Junge aber wollte nicht mit seiner Schwester gehen, sondern hielt sie bei der Hand und flüsterte, immer noch in den Spalt hineinlugend: »Da drinnen liegt ein Tier, hat ein weiß Gesicht mit schwarzem Streifen, das hat die Kuh Rosa ins Maul gebissen.« Denn weil der Junge nun schon lange in den Spalt starrte, hatte sich sein Auge an das Dunkel gewöhnt, und er konnte den Dachs liegen sehen.

Die Mücke schob den Bruder beiseite und sah auch einen Augenblick durch den Spalt. Weil sie aber plötzlich vom hellen Tageslicht ins Dunkel schaute, sah sie gar nichts und sagte ungeduldig: »Da ist nichts, Achim, das bildest du dir alles nur ein. Ein Tier mit weißem Gesicht und schwarzem Streifen gibt es gar nicht. Komm jetzt mit nach Haus und sei ein braver Junge, wie ich ein braves Mädchen bin. Die Mummi wartet doch auf dich, und man läßt seine Mutter nicht warten.«

Der Achim aber wollte durchaus nicht so artig sein wie seine Schwester, er legte wieder sein Auge an die Spalte und sagte nach einer Weile: »Jetzt sehe ich ihn wieder ganz deutlich. Wenn wir eine lange Stange hätten und stökerten ihn damit, käme er sicher hervor, und wir könnten ihn totschlagen, braten und aufessen.«

Mücke wollte grade ein ganz klein bißchen ungeduldig mit ihrem ungehorsamen Bruder Achim werden, da kam in wildem Lauf, mit fliegenden Ohren und wehendem Schwanz die Hündin Teddy angestürmt, wieder eine Unfolgsame, denn sie war trotz strengen Verbotes ausgerissen, um die Mücke auf ihrem Wege zu begleiten, und jagte auch jetzt schon wieder drei Gänse vor sich her.

»Teddy!« rief die Mücke empört. »Du abscheulicher Hund! Willst du wohl sofort herkommen und die Gänse in Ruhe lassen!«

Die Teddy wartete in Gemütsruhe so lange, bis die Gänse sich mit ausgebreiteten Flügeln in den Durchfluß gestürzt hatten, dann näherte sie sich mit freundlich wackelndem Schwänzchen ihrer Herrin. Als die Teddy aber in die Nähe des Holzstoßes kam, spürte sie einen fremden Geruch, der sie ganz aufgeregt machte. Ihre Haare sträubten sich, ihre Augen fingen zu glühen an, und sie ging ganz auf hohen Beinen, als schritte sie auf Zehenspitzen, dem Holze zu.

Dort angekommen, schob die Teddy den Achim einfach beiseite, sie steckte die Nase schnobernd in den Spalt und fing böse an zu knurren.

»Siehst du, Mücke?« rief Achim triumphierend. »Da siehst du wieder mal, wie schrecklich dumm du bist! Die Teddy sieht das Tier auch, und gleich wird sie es herausgejagt haben!«

Der Dachs Fridolin war natürlich von all dem Geschwätz und gar jetzt von dem Geknurr wieder aufgewacht und dachte: So geht es also auf der weiten Welt zu! Nirgendwo findet man Ruhe! Nicht einmal in einem solchen stinkigen dunklen Winkel hinter Holz! Wenn du altes Biest aber deine Nase nur ein Stückchen weiter vorstreckst, so beiße ich dich hinein, wie ich den schwarzweißen Berg in die Nase gebissen habe. An einen schlimmeren Ort, wie ich jetzt bin, kann ich bestimmt nicht verschleppt werden.

Die Teddy, als verstünde sie, was der Dachs Fridolin doch nur dachte, begnügte sich damit, weiter drohend zu knurren und mit den Augen zu funkeln, streckte aber die Nase nicht weiter vor. Der Mücke aber wurde so viel Ungehorsam doch zuviel: Sie packte mit der einen Hand die Teddy am Halsband, mit der andern ihren Bruder an der Hand und erklärte energisch: »Jetzt wird nach Haus gegangen; was zuviel ist, ist zuviel. Du solltest dich was schämen, Achim, und du, Teddy, auch! Abmarsch –!«

Und damit gingen sie wirklich. Auf diese Weise hatten aber ein paar von den Ditzens und der Dachs Fridolin, die noch so viel miteinander zu tun bekommen sollten, erste Bekanntschaft geschlossen, wenn sie auch kaum etwas voneinander gesehen hatten.

Viertes Kapitel

Fridolin entdeckt die köstliche Pflanze Süßwachs, entgeht schlafend vielen Gefahren und begründet auf dem Baumwerder ein neues Heim

Der Dachs Fridolin verbrachte den langen, langen Tag und den größten Teil der Nacht in dem dunklen Winkel hinter dem Holz, sehr belästigt von all den Gerüchen, die ihn peinigten. Denn außer Ratten- und Mäusedreck und Hühnermist, der hier haufenweise lag, drangen alle möglichen fremdartigen Gerüche auf ihn ein, am meisten von diesen Zweibeinen, aber auch von Schweinen, Kühen, Katzen, von Bratkartoffeln und von Kinderwäsche. Mehr denn je war Fridolin davon überzeugt, daß er in die schlechteste aller Welten geraten war und daß der Schöpfer sie grade, um Fridolin zu ärgern, so schlimm eingerichtet hatte.

Erst als es tiefe Nacht geworden war, als alle Menschen schliefen und als sogar die Kettenhunde ihr Gebell eingestellt hatten, kroch Fridolin aus seinem Winkel hervor. Wohin er sich nun wenden sollte, darüber war er ganz ungewiß, eines nur war sicher: In den Hullerbusch wollte er nicht wieder zurück, denn der stänkernde Fuchs Isolein war wohl doch das Schlimmste gewesen, was ihm widerfahren war.

Er lief zuerst zur Rechten, aber das rauschende Wasser des Durchflusses, die enge Brücke über ihn fort und die vielen Häuser des Dorfes scheuchten ihn wieder zurück. So wandte er sich nach links, folgte erst der Straße und geriet dann in Ditzens Kartoffelfeld. Da gefiel es ihm schon besser, es roch nicht mehr so zweibeinisch, und zu seiner Rechten rauschte das Schilf, und die schmale Mondsichel streute Millionen von Silberfunken in den Carwitzer See. Das mutete ihn nach all den Häusern und nach der wüsten, sandigen Einöde der vergangenen Nacht schon ganz heimatlich an.

Nach einem kurzen Weg über den Kartoffelacker stieß Fridolin auf einen Drahtzaun, der ihm aber wenig Beschwer machte. In einem Augenblick hatte er sich darunter durchgegraben und befand sich nun in einem saubergehaltenen Gemüsegarten, der so groß war, daß man den Hullerbuschgarten dagegen für einen reinen Dreck erachten konnte. Auch die Güte der Gemüse befriedigte Fridolin, und als er gar unten am Seeufer, an das dieser Gemüsegarten grenzte, noch ein paar fette Tauwürmer fand und gleich darauf einige Frösche fing, war Fridolin für seine Griesgramverhältnisse fast ganz zufrieden.

»Das haben die Zweibeine mal ganz ordentlich eingerichtet«, sprach er zu sich. »Für Zweibeine sind die gar nicht so dumm. Die Rüben hätten etwas zarter sein können, und am Erbsenbusch hingen überhaupt keine Schoten mehr. Aber wo in dieser verkehrten Welt findet man alles Gute beisammen? Dumm ist es natürlich wieder, daß sie diesen Steinbau von einem Hause so nahe an den Garten gesetzt haben; aber das muß ich wieder loben, daß hier kein blöder Kettenhund lärmt. Wirklich ein hübscher Freßplatz; die Erdbeeren haben mir natürlich auch hier die Leute alle abgefressen, aber im ganzen bin ich zufrieden. Wenn ich nun bloß eine passende Wohnung in der Nähe finde –!«

Damit machte sich Fridolin wieder auf den Weg, immer dem Seeufer folgend. Er stieß auf einen andern Drahtzaun und kurz darauf auf einen dritten, unter denen er sich durchgraben mußte. Aber nicht einmal das ärgerte den Dachs. Er fand es im Gegenteil lobenswert, daß die Leute »seinen« Garten so gut gegen fremde Eindringlinge gesichert hatten.

Recht schön satt bereits, setzte Fridolin seinen Weg fort, nun über einen langen, am See hingestreckten Acker, auf dem die verschiedensten Feldfrüchte wuchsen. Und hier hatte Fridolin plötzlich das größte Erlebnis seines Daseins, er begegnete einem Gewächs, das bestimmt war, sein ganzes Leben und vielleicht sogar seine Todesart zu beeinflussen – aber das letztere wissen wir noch nicht.

Wie vom Blitz getroffen blieb Fridolin plötzlich sitzen und roch an einer Pflanze, von der viele, viele Geschwister auf einem unendlich langen Beet standen. Schon der Geruch dieser bisher nie erlebten Pflanze war Fridolin so angenehm, daß sein Glaube, er sei in die verkehrteste aller Welten geraten, zu wanken anfing. Er schnupperte an der Pflanze, der saftige volle Stengel streifte sanft seine empfindliche Schnauze, er nahm die ganze Nase voll, er wurde fast närrisch vor Entzücken. Wonneschauer durchbebten seinen Leib – daß es so etwas Herrliches auf dieser schlimmen Welt gab! In diesem Augenblick war Fridolin sogar dem stinkenden Fuchs Isolein dankbar, daß er ihn aus der heimatlichen Höhle und damit aus dem Hullerbusch vertrieben hatte, um dieses Prachtgewächs zu entdecken!

Fridolin lehnte sich mit der Schulter gegen die Pflanze, mit einem leise krachenden Geräusch brach sie ab und fiel, rauschend mit den Blättern gegen ihre Geschwister anstreifend, zu Boden. Er biß in den Stengel, der reichlich strömende Saft erfüllte des Dachsen Maul – nie hatte er noch in seinem ganzen Leben etwas so Delikates geschmeckt! Dies ging weit über Ringelnattern, über junge Karotten, ja dieser Saft übertraf sogar an Güte die Erdbeere und den süßen Bienenhonig. Es war ein einfach himmlischer Geschmack, besonders vom Schöpfer für die Dachse erschaffen!

Fridolin war wie berauscht, in einem Wonnetaumel stürzte er sich auf die nächsten Maisstauden, er brach sie um, er biß in die Stengel; vor Entzücken fast vergehend, ließ er den Saft durch die Kehle rinnen, in den Magen hinein, der ihn mit erfreutem Gluckern empfing. Und bei diesem trunkenen Umbrechen machte der Dachs noch eine zweite Entdeckung, die seine erste fast in den Schatten stellte: Es gab noch etwas viel, viel Besseres als den Saft aus dem Stengel dieser Pflanze! Etwa in der halben Höhe des Stengels saß ein dickes, spindelförmiges Gebilde, ein kräftiger Kolben, in viele feine Blätter gehüllt, die nach innen zu immer zarter und wohlschmeckender wurden. Aber am besten schmeckte doch das Innerste dieses Kolbens, die Spindel selbst, die mit vielen Kernen besetzt war, größer als junge Erbsen und viel süßer und zarter schmeckend. Dies konnte man nicht nur schlürfen wie den Saft der Stengel, dies konnte man auch kauen, essen, fressen, damit konnte man den Wanst bis zum Platzen füllen – und das tat der Dachs auch!

Pflanze auf Pflanze fiel unter seinem gierigen Stoß. Schon kümmerte ihn nicht mehr der eben noch gepriesene Geschmack der Stengel, nur das Zarteste nahm er: die Spitze der Kolben. Als der Dachs endlich seine Freßgier gestillt hatte, war in dem langen, langen Maisbeet ein freier Platz, groß wie eine geräumige Stube, entstanden. Auf ihm lagen die niedergebrochenen Pflanzen in wildem Durcheinander, wie von einem Sturmwind verheert. Schon begannen sie zu sterben, die welkenden Blätter strömten einen wehen, bitterlichen Geruch aus. Im Licht der schmalen Mondsichel leuchteten geisterhaft die weißlichen Lieschblätter, die zuinnerst die Körner tragende Spindel umhüllt hatten.

Der Dachs Fridolin aber ließ einen glücklichen Blick über das lange, lange Beet streifen, auf dem noch Maisstaude neben Maisstaude in vollem Saft stand. Da war Nahrung – und mehr als Nahrung, da war Genuß für viele, viele Nächte, für eine Ewigkeit, für ein ganzes, endloses Dachsenleben, wie Fridolin meinte, der sich nicht vorstellen konnte, daß sein Leben je enden würde.

Vor Rührung und Glück und zu vielem Gefreß bekam der Dachs den Schluckauf, und von vielen kräftigen Rülpsern unterbrochen, sprach er also: »Köstliche Pflanze Süßwachs, die allein für mich erschaffen wurde, meinen Wanst mit süßem Safte zu füllen – ich lobe dich! – Widerwärtig riechendes Zweibein, dessen Spuren ich überall um dieses schöne Beet erschnobere – auch dich lobe ich diesmal, weil du dieses Beet für mich angelegt, bestellt und gepflegt hast! – Und auch dich lobe ich, Schöpfer aller Tiere! Unerträgliches hast du uns Dachsen auferlegt, viel Schweres müssen wir durchmachen: den harten Winter mit den langen Fastentagen, die mühsame Nahrungssuche, den viel zu kurzen Schlaf. Wir müssen die widerlichen Gerüche von Hunden, Zweibeinen und Füchsen ertragen, und du hast es in deiner Gedankenlosigkeit übersehen, uns wenigstens die stolze brandrote Rute eines Isolein zu verleihen. Aber ich verzeihe dir heute alle diese Ungerechtigkeit, Schöpfer, und ich lobe dich sogar, denn du hast als Entschädigung für all diese Unbilden den Dachsen die köstliche Pflanze Süßwachs verliehen. Um des Süßwachses willen soll dir verziehen sein!«

Als der Dachs Fridolin so seinen Lobgesang beendet hatte, lief ein leiser Wind über die Maisstauden dahin. Ihre Blätter rieben sich mit einem leichten Rascheln aneinander, zugleich fingen alle Silberflecke unten auf dem See zu tanzen an.

Auch den Dachs durchschauerte es geheimnisvoll: Er hatte das Gefühl, als sei ihm der große Schöpfer ganz nahe und werde gleich zu ihm aus dem Mais hervortreten. Es war aber nur ein einzelner Windstoß gewesen. Das Rascheln der Blätter verstummte, und ruhig blinkten wieder die glitzernden Mondlichtflecken auf dem See.

Mit einem Seufzer wandte sich der Dachs, um seine Wanderung fortzusetzen. Vorher aber sprach er noch folgende Worte: »Freilich, ich sehe es schon: In dieser verkehrten Welt werde ich die allergrößten Schwierigkeiten haben, mich dieser schönen, doch allein für mich erschaffenen Pflanze Süßwachs zu erfreuen. Es wird gleich wieder mit der Wohnungsnot losgehen, bestimmt finde ich in der Nähe dieses Gartens kein passendes Quartier. Es ist eben eine verkehrte Welt, und ich als Dachs hätte sie bestimmt vernünftiger eingerichtet!«

Damit schüttelte der Dachs griesgrämig den Kopf und wanderte weiter, immer am Seeufer entlang. Sein übervoller Bauch schleppte dabei fast am Boden, und es geschah ihm wegen seiner Überfressenheit das Unglück, daß er am Ende des Feldes über ein kleines Steinmäuerchen fiel.

»Da haben wir es«, sprach er, während er, noch halb vom Sturze betäubt, am Boden lag und mit seinen kleinen Augen vorwurfsvoll zum Himmel emporstarrte. »Schon fängt das Unheil an. Nicht ein bißchen Gutes darf man sich gönnen. Kaum habe ich eine Kleinigkeit, um nur den schlimmsten Hunger zu stillen, zu mir genommen, gleich wird mir das Gehen so sauer, daß ich über jeden Stein falle. Eine verkehrte Welt ist das! Ja, wenn mir die schlanken Läufe des Fuchses verliehen wären! Aber an nichts hat der Schöpfer bei meiner Erschaffung gedacht, einfach an gar nichts!«

Fridolin hatte so lange hinter dem Holzstoß gelegen, und er hatte so viel Zeit bei der Erforschung des Gemüsegartens und bei seinem Maismahl verbracht, daß der Morgen mit kühlem Wind und Tau schon nahe war, als er seinen Weg von neuem unter die Füße nahm. Er mußte sich beeilen, wenigstens einen Notunterschlupf für den kommenden Tag zu finden. Daß es den am hier ganz flachen Seeufer nicht geben würde, sah er; so wandte sich Fridolin landeinwärts.

Langsam stiegen die Felder zu einer kleinen dürren Kuppe auf, langsam keuchte Fridolin die geringe Steigung empor, seinen vollen Wanst verdammend und ganz vergessend, mit welchem Vergnügen er ihn gefüllt hatte. Er fühlte sich matt und übermüde nach den letzten, so oft schlaflos verbrachten Tagen und achtete kaum noch auf seinen Weg …

Plötzlich wich der Boden unter seinen Füßen, und

Fridolin stürzte zum zweitenmal in dieser Nacht, nämlich in eine mäßig große Grube, aus der gewöhnlich Ditzens und Schönfelds ihren feinen Sand holten. Der Dachs war einen reichlichen Meter tief gefallen, aber nicht hart, denn auch den Boden der Grube bedeckte feiner weicher Sand. Aber griesgrämig betrachtete er die recht steilen Wände der Grube um sich und beschloß, dieses ihm vom Schicksal unter den Füßen geöffnete Loch nicht wieder zu verlassen. Wer konnte sagen, wie lange er sonst noch nach einer Schlafstelle umhersuchen mußte?! Und der helle Morgen war nahe ...

Lässig und mühsam scharrte sich der Dachs ein notdürftiges Loch in die Wand der Sandgrube, kroch hinein und war im Augenblick darauf auch schon eingeschlafen.

Die liebe Sonne erhob sich im Osten über dem großen Carwitzer See und sandte ihre erleuchtenden und wärmenden Strahlen auf die Welt hinab; ein leichter Wind erhob sich, wurde langsam stärker und ließ die Blätter der Ellern und das Schilf am See rauschen. Ein Hase kam über den Sandberg gehuppelt, er stutzte beim ungewohnten Geruch der Dachsenspur, er beschnoberte sie vorsichtig und bedachte den Fall eine Weile. Dann schlug er vorsichtshalber einen Haken und begab sich hinunter auf Schönfelds Wiese, um sein Morgenfrühstück einzunehmen.

Der Dachs Fridolin aber schlief.

Jetzt kamen zwei Zweibeine des Weges daher, der vom Dorf auf den Baumwerder führt, es waren der junge Güldner aus der Erbschmiede und der frühere Maurer Studier, die auf den Conower Werder zum Holzschlagen wollten. Grade bei der Sandgrube blieben sie stehen, Güldner zündete ein Streichholz an, um seine Pfeife in Brand zu setzen, der Wind blies es ihm aber stets wieder aus. So sprang er in die Sandgrube hinunter und stand direkt am Schlupfloch des Dachses, als er endlich wirklich Feuer bekam. »Kiek mal«, rief er zu Studier hinauf. »Das sieht ganz so aus, als hätte hier ein Tier gescharrt!«

»Mach man ein bißchen zu«, antwortete Studier. »Wir sind schon so zu spät daran!«

Güldner kletterte wieder aus der Grube, und kurz vor dem Baumwerder setzten sich die beiden in einen am Ufer liegenden Kahn und ruderten zum Conower Werder hinüber.

Der Dachs Fridolin aber schlief.

Nun verging eine lange Zeit, fast zwei Stunden, bis wieder jemand des Weges kam. Es war ein Franzose, der die Kuh von Fräulein Schröder, die man im ganzen Dorfe nur Tante Minna nannte, am Strick vorbeileitete. Er führte die Kuh auf Tante Minnas Lupinen, die direkt an Schönfelds Wiesenstück angrenzen, von dem der Hase schon wieder verschwunden war, tüderte sie fest und ging wieder in das Dorf zurück.

Der Dachs Fridolin aber schlief.

Nun geschah eine lange Zeit gar nichts. Die Sonne stieg immer höher, und die Luft wurde immer wärmer, Schmetterlinge flatterten von einer Blume zur andern; die Vögel zwitscherten in ihren Zweigen, flogen auf, pickten ein Korn oder zwei und zwitscherten dann wieder in andern Zweigen. Ab und zu sprang ein Fisch aus dem See und fiel mit einem leichten Klatschen wieder ins Wasser zurück. Die Kuh in den Lupinen fraß und muhte leise.

All diese Zeit schlief der übersättigte, übermüdete Dachs Fridolin friedlich weiter.

Nun aber kamen drei Menschen vom Dorfe her gegangen. In der Mitte schritt der Vater Ditzen, an seiner einen Seite die große artige Tochter Mücke, an der andern aber der blondlockige Achim. Die Mücke trug ein kleines Spankörbchen in der Hand, das jetzt noch leer war.

Als sie auf den Hügel vor dem Sandbergbuckel gekommen waren, nahmen sie den Achim in die Mitte, sie fingen an zu laufen, und auf »Eins! Zwei! Drei!« ließen sie ihn ein weites Stück durch die Luft fliegen, wobei sie alle sehr vergnügt lachten. Als sie auf diese Weise den Hügel hinuntergekommen waren und es zum Sandgrubenberg wieder aufwärts ging, hielten der Vater und die Mücke aufatmend inne, denn es war ihnen heiß geworden beim eilenden Tragen und Schwingen des Achim. Der Junge aber, der zeigen wollte, daß er noch kein bißchen müde war, lief eilig hügelan. Dann entdeckte er die Sandkuhle, blieb an ihrem Rande stehen und rief bittend: »Springen, Papa, bitte, springen!«

Es war nämlich ein beliebtes Spiel bei den Kindern, vom Rande der Grube hinab in den tiefen Sand zu springen. Der Achim aber konnte es noch nicht allein, sondern mußte dabei angefaßt werden.

»Nachher!« antwortete der Vater. »Nachher! Erst wollen wir doch Steinchen werfen, Achim!«

Damit gingen sie vorüber, und der Dachs Fridolin schlief ungestört weiter.

Tante Minnas Kuh hob den Kopf und muhte die drei Spaziergänger auffordernd an. Sie wollte nämlich gerne weitergetüdert werden, weil sie die besten Lupinen schon abgefressen hatte. Das durften die drei aber nicht, weil die Lupinen noch lange reichen mußten. Sie gingen rechts auf einen kleinen steinigen Acker, der auch Tante Minna gehörte, und fingen an, das Körbchen mit Steinen zu füllen.

Das war schnell geschehen, und nun hatten sie nur noch ein paar Schritte bis zu der kleinen Brücke, die den Baumwerder mit dem Festlande verbindet. Einen Werder nennt man nämlich dort in der Gegend eine kleine Insel, und der Baumwerder war eben solch eine Insel, die nur durch einen schmalen Seearm vom Festlande getrennt ist.

Über diesen Seearm führt nun eine kleine Brücke, und auf diese Brücke stellten sich die drei und fingen an, die gesammelten Steine in das Wasser zu werfen. Das heißt, der eigentliche Werfer war der kleine Achim, die Mücke ließ als artiges Kind ihrem Bruder gerne das Vergnügen und warf nur ab und an einen Stein zur Gesellschaft mit, der Vater aber warf keinen einzigen. Der Achim freute sich gewaltig, wenn die Steine mit lautem Klatschen in das Wasser fielen und die Tropfen so hoch aufflogen, daß sie sogar die drei auf der Brücke anspritzten – im Handumdrehen war der Korb leer.

So wurde er wieder gefüllt und noch einer und noch einer und so immer fort – der Achim war ganz unersättlich im Werfen. Unter der Brücke lag ein ganzer Haufen Steine im Wasser, die sie bei diesem und bei manchem andern Male hineingeworfen hatten. Der Vater zeigte dem Achim auch Ziele, nach denen er werfen sollte: einen im Wasser liegenden Baumast oder einen Schilfhalm. Manchmal gelang dieses Werfen recht gut, manchmal mißlang es auch. Im ganzen entschied der Vater, daß der Achim ein guter Werfer werden würde.

Als Achim endlich genug geworfen hatte, machten sich die drei auf den Rückweg. Wieder kamen sie an Tante Minnas Kuh vorüber, und diesmal muhte die Kuh schon lauter, denn so weit ihre Tüderkette reichte, hatte sie bereits alle Lupinen abgefressen oder in den Sand getreten. Aber wieder gingen sie, ohne die Kuh umzutüdern, an ihr vorüber, weil sie es eben nicht durften.

Dann kamen sie an die Sandgrube, und der Achim rief laut: »Papa, springen! Jetzt springen – du hast es versprochen!« Und er stellte sich an den Rand der Sandgrube.

Der Vater sah unschlüssig darein, denn die Zeit zum Mittagessen mußte ganz nahe sein. Aber versprochen ist nun einmal versprochen, und so reichte der Vater dem Jungen die eine Hand, und Mücke reichte ihm auch eine Hand …

In diesem Augenblick war der Schlaf des Dachses Fridolin in großer Gefahr …

Da fing die Glocke im Dorfe an, die Mittagstunde zu bimmeln, und der Vater rief ganz erschrocken: »Du lieber Himmel, schon soweit! Wir kommen ja zu spät zum Essen! Los, Achim, jetzt springen wir den ganzen Weg bis nach Haus!«

Und schon rannten der Vater und die Mücke mit dem Achim zwischen sich den Berg hinunter, und auf »Eins! Zwei! Drei!« schwangen sie ihn durch die Luft, und sie liefen und schwangen so schnell, daß die Füße des Achim kaum den Boden berührten! Sie liefen und liefen, hügelabwärts und hügelan und dann den ebenen Weg am Ditzenschen Acker entlang, bis in die Küche hinein, wo die Mutter grade die Suppe in die Terrine füllte.

»Haben wir es doch noch geschafft!« riefen sie. Und die hilfreiche Mücke sagte schnell: »Komm, Achim, ich wasche dir rasch die Hände und kämme dein Haar. Ich ziepe dich auch bestimmt nicht, ich mache es genauso schön wie die Mummi.«

Der Dachs Fridolin aber schlief friedlich immer weiter in seiner Sandgrube.

Den ganzen langen Nachmittag geschah gar nichts auf dem Wege zum Baumwerder, bei der Sandgrube und auf dem Werder. Die Luft wurde noch immer heißer, und die Kuh von Tante Minna brüllte immer häufiger und lauter, aber das war nichts, was Fridolins Schlaf stören konnte. Die Vögel hatten in der Nachmittagshitze fast ganz mit Zwitschern aufgehört, dafür sprangen die Fische im See immer häufiger, und die Bienen beflogen mit eifrigem Gesumm den reichlich wachsenden Hederich.

Erst gegen Abend zeigte sich wieder Leben in diesem stillen Winkel. Zuerst kam der Franzose und holte Tante Minnas Kuh zum Melken nach Hause, und die Kuh, die sich ganz heiser gebrüllt hatte, suchte rechts und links vom Wege noch schnell ein Maulvoll saftigen Futters zu schnappen. Sehr viel später – die Sonne war schon im Untergehen – kam das Boot mit den beiden Waldarbeitern Güldner und Studier über den See gefahren. Sie gingen wieder nahe an der Sandgrube vorüber, und Güldner sah auch nach ihr hin. Er hatte aber vergessen, daß er dort eine Stelle gesehen hatte, die so aussah, als hätte ein Tier gescharrt, und ging achtlos vorüber.

Alle diese Gefahren, die seine Ruhe und sein Leben

gar bedrohten, verschlief Fridolin. Er wachte erst auf, als die ersten Sterne am Himmel funkelten und die etwas breiter gewordene Mondsichel über den Rosenbergen stand. Er kroch aus seinem Loch hervor, nieste ein paarmal kräftig und sprach zu sich: »Dies scheint endlich einmal eine ruhige Gegend zu sein, ich habe wirklich seit Tagen nicht mehr so gut geschlafen. Nun will ich doch sehen, daß ich sofort eine passende Wohnung finde. Der Pflanze Süßwachs werde ich dann später einen Besuch abstatten.«

Damit machte sich der Dachs auf die Suche, und für dächsische Verhältnisse war er wirklich sehr tätig und rasch. Leider aber war seine Suche gänzlich erfolglos, nach allen Seiten hin stieß er entweder auf Wasser oder auf die Häuser des Dorfes. Er war nämlich auf seiner Flucht auf eine sich in den Carwitzer See erstreckende Halbinsel geraten, an deren äußerster Spitze der Baumwerder noch wie das Tüpfelchen auf dem i saß. Und diese Halbinsel war ganz mit Feldern und mit Wiesen bedeckt, nur die einzige Sandgrube lag als Unland dazwischen, und die erschien dem Fridolin als Dauerquartier doch zu unsicher.

In das Dorf wollte er keinesfalls wieder, mit Schaudern dachte er an seine Erlebnisse dort; nachdem er einen ruhigen Tag verschlafen hatte, erschienen sie ihm noch schlimmer, als sie gewesen waren. Nur schwer entschloß sich Fridolin, auf den Baumwerder hinüberzuwechseln; die kleine Brücke über den Seearm war nämlich aus Zement gemacht, und die wilden Tiere scheuen sich, den gewachsenen Boden der guten Mutter Erde zu verlassen. Außerdem roch diese Brücke von dem Besuch der Ditzens sehr zweibeinisch.

Als er die Brücke aber endlich überschritten hatte, war Fridolin sehr zufrieden. Hier roch es nämlich überhaupt nicht nach Zweibeinen, obwohl es auch hier Felder gab. Vor allem aber war hier ein Berg, fast so hoch wie der Hauptmannsberg, über den ihn die Leitkuh Rosa im Galopp getragen hatte. Der Hang dieses wohl hundert Meter hohen Berges fiel nach Süden ab, und unten plätscherte das Wasser des Sees, genau wie daheim.

Wald gab es hier freilich nicht, aber an einem kleinen seitlichen Steilhang standen doch eine alte Kiefer, ein paar Birken, Ellern und Vogelbeerbäume, außerdem gab es hier manches Gestrüpp. An diesem Hang entdeckte Fridolin einen alten, halb verfallenen und liederlich angelegten Bau. Ursprünglich hatten ihn Kaninchen angelegt, aber die Kaninchen waren von den harten Wintern ausgerottet. Dann hatte ein Fischotter diesen Bau fast ein Jahr lang bewohnt, davon stank er noch immer sehr nach faulen Fischen. Der Otter war dem Fischer Bruno Hase ins Netz geraten und war mit einem Ruder erschlagen worden; seitdem stand der Bau vernachlässigt und leer.

Der Dachs besichtigte ihn gründlich, seine empfindliche Nase rümpfte er zwar wieder einmal sehr über den Fischgestank, aber schließlich entschloß er sich doch, hier einzuziehen. In der ganzen Gegend schien es wirklich keine passendere Wohnung zu geben. Er sagte: »Ich will dieses erbärmliche Loch erst einmal nehmen, bis sich etwas Besseres findet.« Er wußte nicht, als er so sprach, daß »dies erbärmliche Loch« seine Wohnung für Lebzeiten werden würde.

Er sah gleich, er würde noch eine Masse Arbeit mit diesem Quartier haben und es würde doch nie ein so schöner, von riesigen Buchen geschützter Bau wie im Hullerbusch daraus werden. Der niedere Hang, das Ackerland, das an seine obere Kante grenzte, verboten schon von vorneherein die Anlage einer wirklich vornehmen Wohnung mit sechs bis acht Notröhren und Luftschächten.

Hier fehlte vorläufig so gut wie alles: eine anständige Wohnhöhle, Schlupf- und Notausgänge, eine Vorratskammer, ein Klosettchen, Ventilation – du lieber Himmel, in welcher beklagenswerten Verwahrlosung hatte dieser Fischotter gelebt! Daß anständige Tiere – Tiere, die sich für anständig hielten – in solchen Quartieren des Elends leben mochten, war tief beklagenswert!

Und Fridolin machte sich an die Arbeit, und es muß gesagt werden, daß er dieses Mal wirklich arbeitete – das einzige Mal in seinem Leben. Er gönnte sich kaum den nötigsten Schlaf, kaum vierzehn Stunden schloß er täglich die Augen, und über eine Woche lang passierte er nicht ein einziges Mal die kleine Brücke, die vom

Baumwerder den Weg zu der Pflanze Süßwachs freigab. Er nährte sich kümmerlich und eilig von rohen Wurzeln, einigen Muscheln, die er am Seeufer fand, und von Fröschen. Ein einziges Mal nur kam ihm ein fetterer Bissen in Gestalt eines Maulwurfes in den Weg!

Aber am Schluß dieser arbeits- und entbehrungsreichen Zeit konnte Fridolin auch mit Stolz sagen, daß er für die kümmerlichen Carwitzer Verhältnisse eine wirklich vornehme Wohnung besaß. Seine Wohnhöhle war grade geräumig genug, um ihm Platz und Wärme zu bieten, die Entlüftung war vorzüglich, und er besaß ganze drei Notröhren: eine tief unten am Wasser, zwischen Steinen und kleinem Gewächs endend; die zweite, seitlich an der Mitte des Hanges, mündete in einem dichten Holundergebüsch, und die dritte, die ihn am meisten Arbeit gekostet hatte, versteckte ihren Ausgang dicht an der Abhangkante in einem Gestrüpp alter Reiser und Dornen, das dort schon seit Jahren lag und langsam vermoderte.

Fridolin hatte das stolze Gefühl, durch seinen vorzüglichen Bau diese fehlerhafte Welt erheblich verbessert zu haben, und mit diesem Gefühl legte er sich zwar überanstrengt und ausgehungert, aber doch zufrieden schlafen.

Fünftes Kapitel

Die Leute und der Dachs merken voneinander.
Teddy gerät in falschen Verdacht,
und dem Fridolin wird der Krieg erklärt

Nun sind wir endlich soweit, die Lage ist nun so, wie wir sie am Beginn unserer völlig wahrhaftigen Geschichte geschildert haben: Die Leute, nämlich die Ditzens, wohnten in dem Haus am Seeufer, und der Dachs, nämlich der Fridolin, hauste in seiner Höhle am Südhang des Baumwerders.

Zuerst merkten beide Parteien kaum etwas voneinander, das heißt, sie wußten eigentlich gar nichts von des andern Dasein. Wohl hatte der Knabe Achim den Dachs einmal im Dunkeln hinter den Holzhaufen liegen sehen, aber das hatte der Achim längst wieder vergessen, denn er war ja noch ein sehr kleiner Junge und lebte immer nur für den Tag, der grade da war, ohne Erinnerung an das Gestern und ohne Gedanken an das Morgen.

Was aber den Dachs Fridolin anging, so hatte er zwar sowohl die Mücke wie den Achim, vor allem aber den schrecklichen Teddyhund gesehen, und Fridolin hatte sie bestimmt nicht vergessen. Aber bei Fridolin war es nun so, daß ihm ein Zweibein genauso wie das andere aussah, er machte da keine Unterschiede und hatte nicht die geringste Ahnung davon, wie himmelweit der

Abstand zwischen einer artigen Mücke Ditzen und einer unartigen Ursel Hartig war. Das waren für ihn alles die gleichen stinkerigen Zweibeine. Und Hunde waren eben Hunde, widerliche, lärmende, bissige Bestien – fast so schlimm wie Füchse!

Im übrigen war Fridolin ja vorzugsweise ein Nachttier, und die Zweibeine und ihre Hunde sind meist Tagtiere, wenn es nicht grade wildernde Hunde sind, und zu denen konnte man die Teddy trotz ihrer Leidenschaft für das Gänsejagen nicht rechnen. Sie war sogar ein Stubenhund, kam höchstens strafweise mal ein paar Stunden an die Kette und verbrachte ihre Nächte brav auf einem alten Samtvorhang im Flur des Ditzenschen Wohnhauses.

So war also die Gelegenheit, einander kennenzulernen, vorläufig nur gering. Natürlich muß man hier an das lange, lange Beet mit dem Mais denken, den Fridolin Süßwachs getauft hatte – eigentlich hätte der Vater Ditzen doch die ständig zunehmenden Verwüstungen in seinem Maisfeld bemerken müssen!

Aber wieso mußte er eigentlich –? Das Maisfeld lag ab vom Wege und vom Hofe, und wenn es seine dritte Hacke gegen das Unkraut erhalten hatte und wenn der letzte Stickstoffdünger gestreut worden war, so war der Mais in jedem Jahre ohne große Aufsicht weitergewachsen. Der Vater war ein vielbeschäftigter Mann, er hatte mehr zu tun, als jeden Tag seinem Maisfeld einen Besuch abzustatten.

Natürlich kam eine Zeit, zu der die Elstern und die Spatzen anfingen, sich sehr für den Mais zu interessieren – dann ging der Vater zwei- oder dreimal täglich zum Mais hinaus und gab aus seinem Tesching ein paar Schüsse auf die räuberische Vogelwelt ab. Es half zwar nichts, denn er traf nie etwas, aber er hatte doch das Gefühl, seine Pflicht getan zu haben. Aber diese Zeit war noch weit hin, die kam erst, wenn der Mais reif zu werden anfing und die jetzt so fest und prall um den Kolben liegenden Lieschblätter trocken wurden und nur lose um den gelben Körnersegen lagen.

Die Verwüstungen im Mais blieben also vorläufig noch unentdeckt.

Nein, die erste Ahnung von der Existenz des Dachses Fridolin bekamen die Ditzens durch etwas ganz anderes, nämlich durch die Löcher, die ständig unter dem Zaun gegraben waren. Solche Zaunlöcher sind nicht nur höchst unordentlich, widersprachen also ganz dem Geiste, in dem der Ditzensche Haushalt geführt wurde, sondern sie sind auch in hohem Maße Schaden bringend. Denn durch sie kamen von der einen Seite aus dem Geflügelauslauf die Ditzenschen Hühner in den Ditzenschen Gemüsegarten, und von der andern Seite taten die Güldnerschen Hühner aus der Erbschmiede dasselbe, und es gab in den sorgsam gehaltenen Gemüsebeeten eine wüste Scharrerei und Wurmpickerei – also Unordnung und Schaden.

Wollte man die Hühner aber wieder aus dem Garten

jagen, so fanden die unvernünftigen Tiere die Löcher, die sie beim Einschlüpfen so gut zu finden wußten, überhaupt nicht wieder. Aufgeregt und flügelflatternd rasten sie hin und wider durch den Garten, sahen ihnen freundlich aufgestellte Türen und Tore grundsätzlich nicht, und es war kein Ende des Gejachters und des Beetezertretens.

Es kam eine schreckliche Zeit im Hause Ditzen, da man bei keinem Mahle, bei keiner Beschäftigung mehr friedlich sitzen konnte. Schon ertönte der Schrei: »Die Hühner sind im Garten!« – und ein wildes Gerenne begann. Es half nichts, daß man die Löcher nach gesäubertem Garten fleißig durch Spaten und Schaufel verschloß – über Nacht wuchsen sie wieder nach, und immer entdeckten die Hühner sie schneller als die Menschen.

Bei dieser Sachlage konnte es nicht ausbleiben, daß sich eines Tages die nicht unklugen Ditzens die Frage vorlegten: »Ja wer ist denn dieser infame Schurke, der immer neue Löcher unter den Gartenzaun gräbt? Dem Burschen müßten wir doch das Handwerk legen!«

Es ist bezeichnend, daß es auf diese Frage nur eine Antwort bei allen Ditzens, groß und klein, gab, nämlich die: »Das ist natürlich die Teddy gewesen.«

Natürlich die Teddy – dieser Spielhund, dem nie genug Steinchen geworfen werden konnten, die sie dann stolz im Maule spazierentrug und um keinen Preis wieder hergeben wollte. Natürlich die Teddy, der nie genug spazierengegangen wurde, die so oft die heißgeliebten Gänsejagden entbehren mußte. Natürlich hatte nur die Teddy diese Löcher gegraben: In einem unbewachten Augenblick war sie vom Hofe gewutscht und hatte einen ihrer beliebten Ausflüge ins Dorf gemacht, wobei mit jedem Hunde Freundschaftsbezeigungen getauscht und in jeden Hof hineingerochen wurde. Bei der Rückkehr hatte sie dann das Hoftor verschlossen gefunden; von schlechtem Gewissen oder von der Sehnsucht nach der Futterschüssel geplagt, hatte sie sich rasch ein Loch unter dem Gartenzaun durch gegraben und war auf diesem – verbotenen! – Wege wieder heimlich ins Haus gelangt!

So war es und nicht anders! Mit finsterer Miene verhängte der Vater ein völliges Ausgehverbot über die Teddy und ordnete strenge Aufsicht über sie an. Dieser verflixte Allerweltshund, die Teddy, sollte sich doch nur nicht einbilden, daß sie mit ihren lasterhaften Herumtreibermanieren aus Ditzens Gemüsegarten einen Hühnerhof machen konnte!

Es ist bezeichnend für die Kurzsichtigkeit und Ungerechtigkeit, zu denen die Menschen nun einmal neigen, daß dieses Urteil über die Teddy einstimmig verhängt wurde, daß nicht eine Stimme für den unseligen, unschuldigen Hund, der jetzt unverdient so schwere Strafe leiden mußte, laut wurde. Niemand dachte daran, daß durch die Annahme, Teddy sei die Schuldige, wohl die Zaunlöcher vom Weg in den Gemüsegarten, aber nicht die zur Hühnerkoppel und erst recht nicht die von der Koppel zum Acker erklärt waren. Teddy war die Schuldige, als Strafe mußte sie die geliebte Freiheit entbehren – und damit war die Sache fertig. Der weise Urteilsspruch der Menschen war gefällt.

Zufällig traf es sich nun so, daß kurz nach diesem Urteil die Teddy ein paarmal im Gemüsegarten getroffen wurde, der ihr streng verboten war. Mit fliegenden Ohren und eingeklemmtem Schwanz jagte sie dann über die Freitreppe oder durch die Veranda in das Haus zurück, voll schlechten Gewissens, weil sie auf verbotenem Grund erwischt worden war. Die Menschen aber sagten triumphierend: »Da haben wir es ja! Sie sieht den Gemüsegarten schon als ihr Privatrevier an! Nein, was für ein Schweinehund!« Und der Vater schlug die Teddy.

Unterdes ging der Dachs Fridolin, der mit dem Ausbau seiner Wohnung fertig geworden war, mit verstärktem Eifer der Nahrungssuche nach, denn nun war der Hochsommer gekommen, und Fridolin hatte infolge der erlittenen Verfolgungen noch immer keine Speckschwarte auf den Rippen und auch kein wohlgemästetes Bäuchlein. Wenn er nicht ganz unterernährt in den Winter kommen und dann schweren Hunger leiden wollte, mußte er sich daranhalten. Und Fridolin hielt sich daran! Fast allnächtlich stattete er dem Ditzenschen Garten einen Besuch ab und nahm dort einen von allen Beeten gewählten Imbiß, ehe er sich zu seiner geliebten Pflanze Süßwachs begab. Infolgedessen blieb es bei den Zaunlöchern und den aufregenden und Beete verwüstenden Hühnerjagden.

Aber es war nun nicht so, daß die Ditzens, wie vom Blitze getroffen, stehengeblieben wären, sich mit der Hand an den Kopf gefaßt hätten und erleuchtet ausgerufen: »Du lieber Himmel, das kann ja unmöglich unsere so streng beaufsichtigte süße, unschuldige Teddy gewesen sein, der arme Hund! Hier muß ein anderer, noch geheimnisvollerer Löchermacher vorliegen!«

Nein, ganz im Gegenteil: die Tatsache, daß immer noch Löcher gegraben wurden, bestärkte die Ditzens nur in ihrem falschen Urteil. Der Vater sagte ingrimmig: »Eine verdammte Weiberwirtschaft ist das in diesem Hause! Ich sehe schon, ich muß mir diesen vermaledeiten Fixköter noch ans Bein binden, sonst paßt doch keiner auf ihn, wenn ich an meiner Arbeit sitze!«

Und er warf wutfunkelnde Blicke auf die Teddy, die in der Sonne auf dem Hofe lag, ihren Herren mit unschuldigen Augen fromm anschaute und, zu einem kleinen Spaziergange ermunternd, mit dem Schwanze auf die Erde klopfte.

Die Mutter Ditzen aber sagte: »Du lieber Himmel! Ich soll wohl bei meiner vielen Arbeit auch noch ständig den Hund hüten? Ich laufe schon so vom Morgen bis in die späte Nacht Trab; ich möchte wohl wissen, woher ich auch noch die Zeit zum Hundehüten nehmen soll? Es ist schlimm genug, daß der Achim ständig vom Hof verschwunden ist, und nun kommt auch noch die Teddy – nein, was zuviel ist, ist zuviel!«

Der Sohn Uli, der grade in den Ferien zu Hause war, sprach: »Ich würde die Teddy einfach an die Kette legen – dann hört die Löcherei von selbst auf.«

Worauf alle schrien: »Und wer soll sich das Gejaule und Gejachter von der Teddy anhören, wenn sie an der Kette liegt? Nein, danke – wenn dir nichts Besseres einfällt, Uli!«

Die brave Tochter Mücke aber saß grade am Tisch und schrieb einen langen, langen Erzählebrief an die Tante Käte in Hermannswerder, denn Briefeschreiben war nun einmal ihre Leidenschaft. Sie stand aber sofort auf von ihrer Beschäftigung, legte alles, was sie benutzt hatte, ordentlich und sorgsam beiseite und ging hinaus auf den Hof. Sie kniete sich zu der Teddy hin, sah sie traurig an und sprach: »Du böse Teddy, willst du denn gar nicht artig werden –? Der Papa und die Mummi haben dir doch das Löchergraben verboten – so laß es doch endlich sein! Was hast du denn davon? Nur daß du nicht ausgehen darfst, das hast du davon! Man hat immer nur was von Artigkeit, nie vom Unartigsein!«

So sprach die Mücke. Die Teddy aber, die glaubte, sie werde zum Spazierengehen aufgefordert, sprang auf und bellte die Mücke zutraulich und fröhlich an.

Die Haustochter Inge sagte gar nichts, einesteils, weil sie überhaupt nie viel sprach, andernteils, weil sie am Abend vorher zum Bäcker nach Brot geradelt war. Da war die Teddy plötzlich überraschend neben ihrem Rade aufgetaucht, auf dem Rückweg war sie aber wieder verschwunden gewesen. Weil dies geschehen war, schwieg sie; sie dachte nämlich, sie würde deswegen Schelte kriegen.

Auch der jüngste Sohn Achim schwieg, aber der, weil er viel zu stark mit der Herstellung von Eierpampe beschäftigt war und der Fall Teddy ihn darum überhaupt nicht interessierte. Auch war er sehr für Hühnerjagden, besonders zur Essenszeit, das langweilige Bei-Tische-Sitzen wurde dadurch wenigstens etwas unterbrochen.

Die Frau Schemmel, die auch bei Ditzens lebte, sagte seufzend: »Ja, diese Hunde –! Wir hatten einmal einen Hund in Lichterfelde …« Und sie fing an, eine andere Geschichte von einem andern Hund zu erzählen.

Allein die Großmutter Ditzen, die immer in ihrem Lehnstuhl am Fenster zum Garten saß, schloß sich der allgemeinen Verdammung Teddys nicht an. Sie lockte den Hund zu sich, streichelte ihn, kraulte ihn am Kopfe und sprach: »Arme Teddy, es ist wohl sehr schlimm, wenn man gar nicht mehr hinaus darf? Sieh mal, Teddy, ich komme eigentlich gar nicht mehr aus meinem Stuhle heraus – man gewöhnt sich daran, Teddy, wirklich, man gewöhnt sich daran.«

Die Teddy aber ließ sich mit einem Plumps auf den Teppich zu Füßen der Großmutter fallen. Sie gähnte mehrmals herzhaft, schloß die Augen und dachte im Einschlafen: Ist dieses Leben aber langweilig! Ich glaube, meine Leute sind allesamt verrückt geworden! Und sie schlief ein.

Unterdes lag der Dachs Fridolin, der alle diese Aufregung verursachte und für den die Teddy so unschuldig leiden mußte, vor seiner Höhle in der Sonne und ließ sich mal den Rücken und mal den Bauch braten. Im ganzen war er in recht zufriedener Stimmung, er hatte gefunden, daß er mit seiner Wohnung doch eine ausgezeichnete Wahl getroffen hatte. Bisher hatte sich noch kein Zweibein und auch kein Hund, geschweige denn ein Fuchs auf dem Baumwerder gezeigt. Er vermißte sein altes Heim im Hullerbusch nicht mehr, es kamen Tage, an denen er überhaupt nicht mehr daran dachte. Dieser Baumwerder entsprach so recht seinen einsiedlerischen Gewohnheiten, nichts hatte noch seinen Frieden gestört.

Natürlich war er ein Dachs, er hätte es nie zugegeben, daß er zufrieden war. Sein Bauch briet jetzt in der Sonne, er fühlte ihn in der angenehmsten Weise gefüllt und dachte bei sich: Das Gemüse in meinem Garten da fängt an, in Güte nachzulassen. Diese Zweibeine könnten sich gerne etwas mehr Mühe geben. Der Kohlrabi ist schon durchweg holzig, an Erbsen ist gar kein Gedanke mehr, und statt Karotten gibt es nur noch Mohrrüben, die man ja auch fressen kann, aber schließlich bin ich Besseres gewohnt. Auch Süßwachs ist nicht mehr so saftig wie im Anfang, diese Körner werden jetzt schon recht mehlig. Schmecken auch ausgezeichnet, nicht, daß ich sie schlechtmachen will, ich bin nie ein Meckerer gewesen, aber immerhin ... Wenn ich der Schöpfer gewesen wäre, ich hätte mehlige und saftige Körner nebeneinander wachsen lassen, und Erdbeeren und Erbsen müßte es auch immerzu geben ... Na ja, es herrscht eben keine Ordnung in dieser verkehrten Welt, ein gerechter Dachs muß viel leiden ...

Damit gähnte der Dachs herzhaft, kroch zum Seeufer hinunter und nahm einen kräftigen Schluck. Worauf er sich wieder in seine Wohnhöhle begab und sofort einschlief.

Inzwischen war der Vater doch wieder von seinem Gedanken abgekommen, sich den Teddyhund ständig ans Bein zu binden. Dafür hatte er einen andern Einfall gehabt. Er ging ins Dorf zu einem alten Manne, den die Leute nur den »Opa Lewerrenz« nannten. Dieser Opa war dafür bekannt, daß er ganz ausgezeichnet Feldsteine mit seinem Hammer zerschlagen und daraus das festeste und haltbarste Mauerwerk aufführen konnte.

Dieser kleine, schwächliche alte Mann mit dem verwitterten, faltigen Gesicht ging erst eine Weile um so einen großen Feldstein, der oft viele, viele Zentner wog, herum und sah ihn mit seinen kleinen blaßblauen Augen scharf an. Dann schlug er mit seinem Hammer zu, auf eine ganz bestimmte Stelle, eine Ader etwa oder einen kaum sichtbaren Verwitterungsriß. Nachdem er eine Reihe von Schlägen getan hatte, zersprang der Stein, und der Opa Lewerrenz bearbeitete nun die einzelnen Brocken weiter, bis scharfkantige, rechtwinklige Steine, die sich zum Mauern eigneten, aus ihnen geworden waren.

Das ist eine schwere Kunst, die lange nicht jeder kann. Der Opa sagte oft: »Man muß einen Stein nicht kaputt schlagen, man muß ihn kaputt kieken«, und damit meinte er, daß man nicht auf einen Stein losschlagen darf, wie es kommt, denn dadurch würde man sich wohl müde, den Stein aber nie entzweibekommen. Sondern man mußte ihn sich erst genau anschauen, und zwar mit Verstand, man mußte zu erfahren trachten, wie solch Stein entstanden war, wo sein Gefüge vielleicht schwächer war – und dann erst durfte der Schlag geführt werden.

Mit diesem alten Opa, der eigentlich schon seine wohlverdiente Altersruhe genoß, sprach der Vater Ditzen, und infolge dieses Gespräches zerschlug der Opa in den nächsten Tagen viele, viele Felsblöcke in schöne, schwere, rechtwinklige Steine. Der Arbeiter Lindenberg und der Pole Matjä gruben dann die Steine unter dem Gartenzaun ein, und zwar so, daß ihre aus der Erde ragende Oberkante genau gegen die Unterkante des Drahtgewebes stieß.

Es war das alles zusammen – das Steinefahren und das Steineschlagen und das Steinesetzen – eine große und kostspielige Arbeit, aber an dem Abend, als sie fertig war, sagte der Vater sehr vergnügt beim Abendessen: »So, nun soll die Teddy nur noch einmal versuchen, unter dem Zaun durchzukriechen! Diesen Steinen ist sie doch nicht gewachsen! Aus ist's mit der Löcherei und der Hühnerjagd.«

Alle waren in Freude darüber, daß die Teddy nun nicht mehr sündigen konnte, sie sprachen nett zu ihr, und ihr zu Ehren gewissermaßen wurde sogar noch ein Abendspaziergang unternommen, zum Baumwerder hinaus und ganz um den Baumwerder herum. Die Teddy war überglücklich, man konnte ihr gar nicht genugtun mit Steinchenwerfen, und wenn ein neues geworfen wurde, ließ sie das alte fallen; gab es aber kein neues, behielt sie das alte im Maul und wollte es unter keinen Umständen hergeben.

So kamen sie auf den Baumwerder und gingen ganz um ihn herum. Weil sie hier schon viele Jahre gingen, kannten sie natürlich jedes Feld und jeden Busch und jeden Baum, und so fiel ihnen am Hang unter Ortsbauernführer Ihlenfeldts Kartoffelstück auch sofort die neue Schlupfröhre des Dachses Fridolin auf. Wie es seine Mutter Friedesinchen getan hatte, war auch von Fridolin der Eingang zu dieser Röhre schön geglättet worden und fest gemacht wie eine Tenne. Hier sonnte sich der Dachs, hier saß er oft, seiner beschaulichen Griesgrämigkeit hingegeben – dieser Eingangsplatz, den man Dachsenruhe hätte nennen können, war einfach nicht zu übersehen.

Aber selbst wenn ihn Ditzens bei einem eifrigen Gespräch übersehen hätten, die Teddy hätte dafür gesorgt, daß sie nicht ohne Aufhebens vorbeigingen. Die Teddy war beim Anblick dieser Röhre in die größte Aufregung geraten, hatte erst hineingerochen, noch einmal hineingerochen und dann wütend hineingebellt.

Innen in seiner wohlig gepolsterten Höhle war der Dachs Fridolin von diesem zornigen Gebell erwacht, hatte kräftig gegähnt und seufzte nun: »Also geht es auch hier wieder mit diesen abscheulichen Belästigungen los! Ich habe es ja gesagt und werde es immer sagen: Es ist eine verkehrte Welt, in der man nie seine Ruhe bekommt! Ja, belle du nur, du Hund, mich sollst du nicht so leicht bekommen!«

Und Fridolin saß mit aufmerksam gespitzten Ohren am Ausgang seiner Höhle, bereit, sofort in eine der Notröhren zu schlüpfen, sobald der Hund sich etwa näherte.

Aber bis dahin war es noch lang. Die Teddy nämlich, nachdem sie genug mit Bellen geschimpft hatte, versuchte, in die Röhre zu kriechen, fand sie aber zu eng. So fing sie an, mit wildem Eifer zu graben, sie grub so, daß Sand und Steine flogen, sie verdarb völlig die schön geglättete Tenne Fridolins und machte aus dem sauberen Eingang ein wüstes Erdloch.

Die Kinder sahen mit den Eltern verwundert dem wilden Werken der sonst so sanften Teddy zu, sie fragten den Vater, warum die Teddy wohl so wild sei und was es mit diesem Höhleneingang für eine Bewandtnis habe?

Der Vater, der alles auf der Welt wußte (aber manches nicht richtig), sagte zu den Kindern: »Ich habe vom Fischer Bruno Hase gehört, daß hier einmal ein Fischotter gehaust hat, der dem Fischer viele Netze zerriß. Hase hat ihn dann mit einem Ruder erschlagen. Sicher hat sich nun ein anderer Otter hierher in den leeren Bau gezogen, oder es ist auch das Weibchen am Leben geblieben. – Wir wollen nun einmal sehen, was die Teddy ausrichtet.«

Nach dieser Erklärung sahen die Spaziergänger wieder dem Hunde Teddy zu, der jetzt mit dem Vorderkörper in dem Bau verschwunden war und dessen Hinterleib krampfhaft wackelnde und drehende Bewegungen machte. Aber die Teddy war keine so geschickte Gängebauerin wie der Dachs Fridolin. Sie wußte nichts mit der aufgescharrten Erde anzufangen, sie grub sich selbst fest und ein, die Luft wurde ihr knapp, und mit Mühe nur zwängte sie sich wieder zurück ans liebe Tageslicht. Darauf sah sie die Zuschauer wie um Entschuldigung bittend an, bellte einmal leise und fing mit neuem Eifer zu buddeln an …

»Feste, Teddy!« riefen die Kinder. »Fang den Otter!« riefen sie.

Die Teddy verschwand wieder halb im Bau, kam aber diesmal noch schneller wieder hervor. Als sich dieses drei- oder viermal wiederholt hatte, fanden alle, es würde langweilig. Auch begann es dunkel zu werden. Also wurde die Teddy abgepfiffen, und als sie wieder einmal nach lieber Gewohnheit nicht hören wollte, nahm die Mücke den unartigen Hund beim Halsband und leitete ihn nach Haus.

Alle gingen heim, und der Dachs, als er gemerkt hatte, draußen war alles still geworden, verließ seinen Bau und besichtigte mit mißvergnügtem Schimpfen den angerichteten Schaden. »Da sieht man es wieder«, schalt er, »kaum tauchen diese Zweibeine mit ihren Hunden auf, gleich ist alles mühsam Geschaffene zunichte gemacht. Ich möchte wohl wissen, wozu solche Wesen überhaupt auf der Welt sind? Vermutlich nur darum, um einem anständigen Dachs, der sich notdürftig und ehrlich durch die Welt schlägt, Arbeit zu machen. Eine ganz verkehrte Welt – völlig ohne Sinn und Verstand!«

Damit machte sich Fridolin daran, den Eingang wieder aufzuräumen. Es war schwere Arbeit, mindestens eine halbe Stunde hatte Fridolin zu tun, bis er wieder Ordnung geschaffen hatte – und manche mißbilligende Bemerkung über diese verdrehte Welt machte er noch. Zum Schluß war er aber doch nicht unzufrieden mit dem Geschaffenen, denn durch das wilde Arbeiten des Hundes war der Eingang zur Röhre und damit der Platz für Sonnenbäder geräumiger geworden.

»Nun ja«, sprach Fridolin abschließend, »ein vernünftiger Dachs bringt schließlich auch noch in die verkehrteste Welt Sinn und Verstand. Jetzt kann ich im Eingang sowohl lang wie quer liegen.«

Nachdem er dies gesagt hatte, machte er sich auf seine gewohnte nächtliche Nahrungssuche, denn es war mittlerweile ganz dunkel geworden, und die Extraarbeit hatte ihm vermehrten Hunger gemacht. Er begab sich darum, ohne sich viel aufzuhalten – nur ein unvorsichtiger Frosch mußte daran glauben –, direkt zu Ditzens Gemüsegarten, entschlossen, eine besonders kräftige Mahlzeit zu nehmen.

Es war seine Gewohnheit, sich in jeder Nacht einen andern Durchschlupf zu machen, er wußte selbst nicht, warum: Es war eine ihm angeborene Vorsicht. Aber wie erstaunte er, als sich kräftige Feldsteine seinem Durchgraben widersetzten! Er versuchte es weiter rechts, er versuchte es mehr links: überall das gleiche!

Fridolin setzte sich hin und richtete das Auge anklagend zum dunklen Himmel. »Überall Neuerungen!« sprach er klagend. »Meinen Bau schändet ein elender Hund, und diesen hübschen Zaun haben sie jetzt mit elenden Steinen verschimpfiert, die überdies noch nach Zweibeinen riechen! Ist diese Welt nicht schon schlimm genug, muß sie auch noch durch Neuerungen verändert werden, die bloß Verschlimmerungen sind –?«

Nachdem der Dachs so seinen Gefühlen Luft gemacht hatte, ging er zurück an den Zaun und prüfte noch einmal die Lage. Er fand nun heraus, daß er sich unschwer unter den Steinen durchgraben konnte, und das tat er auch. Vorsichtig grabend unterwühlte er die Steine, bis zwei von ihnen umfielen, und durch die so entstandene Lücke schlüpfte er in den Garten. Hier speiste er genauso reichlich, wie er es sich vorgenommen hatte, und begab sich dann, ein zweites Loch machend, auf den Acker zur Pflanze Süßwachs, unter der er wieder gewaltig aufräumte. Nun wanderte er, gut vollgefressen, nach Haus, wobei er kleine Umwege nach rechts und links machte, bald ein Mauseloch revidierend, bald am Seeufer nach Tauwürmern und Muscheln suchend. Obwohl er zeitig nach Haus kam, hatte er seinen Magen bis zum Platzen gefüllt, er war also ganz zufrieden.

Weniger zufrieden war freilich der Vater Ditzen am folgenden Morgen. Er war zeitig aufgestanden und hatte auf dem Hofe den Polen Matjä getroffen, der ihm mit wilden Handbewegungen und vielen polnischen Worten etwas erzählte, von dem der Vater nichts verstand, weil er nämlich kein Polnisch konnte. Matjä gehörte nämlich zu jenen Polen, die sich beharrlich weigern, Deutsch zu lernen; sie verlangen von ihren Arbeitgebern, daß sie Polnisch lernen. Darin besaß Matjä eine große Ausdauer, dem Vater einen Gegenstand zu zeigen und ihm den Namen dieses Gegenstandes auf polnisch zu nennen. Matjä zeigte zum Beispiel auf einen Sack und sagte »Worek«, der Vater nickte lächelnd mit dem Kopf und sagte »Sack«. Matjä nickte eifrig zurück und wiederholte: »Worek!« Der

Vater nickte von neuem und antwortete: »Sack, Matjä!« Der Vater war nämlich seinerseits der Ansicht, daß ein Pole, der bei einem Deutschen arbeitet, Deutsch zu lernen hat, und da keiner von beiden nachgeben wollte, war die Verständigung zwischen ihnen oft schwierig.

Auch dieses Mal dauerte es eine ganze Weile, bis der Vater zu verstehen glaubte, daß irgend etwas mit dem Zaun nicht in Ordnung sein sollte. Der Vater runzelte die Stirn. Mit dem Zaun –? Mit dem Zaun, in den grade gestern die ewig haltende Feldsteinkante eingebaut worden war –? Das war ja doch wohl nicht möglich, er mußte den Matjä wieder einmal falsch verstanden haben.

Sicherheitshalber ging er aber doch einmal den Weg entlang; es ist ja doch eine kleine Morgenfreude, wenn man sich solch neugeschaffenes, Ordnung haltendes Werk betrachtet. Aber ganz bestürzt blieb der Vater stehen, Matjä hatte doch recht gehabt, leider hatte er Matjä vollkommen richtig verstanden: Mit dem Zaun war wirklich etwas nicht in Ordnung. Da lagen zwei von den frisch gesetzten Feldsteinen umgeworfen in einer Grube wild zerwühlter Erde, und wieder war ein Loch unter dem Drahtgeflecht gegraben!

»Das ist doch nun wirklich ganz unmöglich!« sagte der Vater, obwohl er mit Augen sah, daß es sehr wohl möglich war.

Eine Weile stand er nachdenklich, er hatte die Stirn

in Falten gezogen und nagte an der Unterlippe herum. »Die Teddy ist das aber diesmal nicht gewesen«, entschied er endlich. Der Vater wußte nämlich genau, daß die Teddy gestern abend nach dem Spaziergang gleich mit ins Haus gegangen war und es seitdem nicht wieder verlassen hatte.

Wieder nach einer Weile sagte der Vater: »Dann wird es die Teddy früher wohl auch nicht gewesen sein.« Kein Bedauern über die so ungerecht Bestrafte kam dabei den Vater an. Mit der Teddy beschäftigten sich seine Gedanken überhaupt nicht. Er grübelte über das Tier nach, das dieses Loch gegraben haben konnte.

Ein Dorfhund? Ein Fuchs? Ein Marder?

Alle diese Annahmen wurden wieder verworfen, es fanden sich überall Gegengründe. An einen Dachs dachte der Vater nicht; Dachse sind ziemlich seltene und den Menschen nicht häufig zu Gesicht kommende Tiere. Der Vater hatte noch nie gehört, daß es Dachse hier in der Gegend gab, und nun gar auf dieser kleinen waldlosen Halbinsel!

Da er die Frage nach dem Übeltäter im Augenblick nicht entscheiden konnte, entschloß sich der Vater, erst einmal den ganzen Zaun abzugehen, um zu sehen, ob noch weitere Löcher zu finden wären.

Nach dem Acker zu fand er das zweite! Das war eine schöne Bescherung, all die mühsame Arbeit umsonst getan; dieses geheimnisvolle freche Tier warf schwere Steintafeln um, als seien es nur leichte Holzbrettchen.

Der Vater kam sich blamiert vor, er war so stolz auf sein endgültig Ordnung schaffendes Werk gewesen, und nun hatte es gar nichts genützt!

Er wandte sich zum Gehen, er grübelte bereits darüber, wie er bei der nahe bevorstehenden Morgentafel seiner Familie dieses neue Unheil beibringen sollte. Da lenkte das Geflatter und das Getschilpe der Spatzen seine Aufmerksamkeit von neuem auf den Acker.

Richtig, ja, der Mais! Der Mais war am Reifen, und dieses nichtsnutzige Spatzengelichter hatte das früher entdeckt als der Herr. Da war es hohe Zeit, daß er einmal mit dem Tesching hinausging und der Bande Respekt beibrachte. Der Vater ließ sein nachdenkliches Auge über das lange, lange Maisbeet schweifen. Die Blätter fingen schon an, trocken zu werden, ihre Spitzen und ihre Ränder wurden gelb; das helle saftige Grün der Wachsezeit war einem tiefen Grün mit braunroten Streifen gewichen.

Der Mais hatte zu den schönsten Hoffnungen berechtigt, er war auch weit über mannshoch geworden, und doch befriedigte den Vater bei diesem Überblick das Aussehen seines Maisfeldes nicht völlig. Hier vorne stand er ja schön dicht mit vollen Kolben, aber weiter hinten schien er doch recht lückig und dürftig zu sein. Beim Hacken war der Bestand noch ganz lückenlos gewesen, kaum eine Pflanze hatte gefehlt, aber jetzt ...

Der Vater ging an dem Maisfeld entlang. Und nun

trat er eilig hinein zwischen die hohen Stauden. Ein Raum so groß wie eine Stube war hier völlig der Pflanzen entblößt. Sie waren verwelkt und verdorrt, sie lagen beschmutzt am Boden ...

Zuerst dachte der Vater an irgendwelche niederträchtigen menschlichen Schadenstifter. Aber er hob einen Kolben von der Erde, er sah, wie er an der Spitze angefressen war ... Er ging weiter und weiter durch das Maisfeld, und je weiter er sich vom Hofe entfernte, um so größer wurde die Zone der Verwüstung, der sinnlosen Verschwendung des Gewachsenen. Zorn und Trauer erfüllten des Vaters Herz; fast wäre es ihm lieber gewesen, böse Menschen hätten das Feld ganz abgeerntet, als daß er die kostbare Nahrung so elend vertrocknet und verdorben am Boden sah. Und während der Vater immer weiterging und immer mehr Schaden feststellte – gut die Hälfte des Feldes war bereits verwüstet –, grübelte er immer weiter über das Tier nach, das diesen Schaden wohl angerichtet hatte. Eine vom Tüder losgerissene Kuh? Schafe?

Er konnte es nicht raten. Dann fielen ihm wieder die Löcher unter dem Zaun ein, und es war nur natürlich, daß er sie mit diesem schädlichen Tier in Verbindung brachte, aber auf den Namen dieses Tieres kam er deswegen doch nicht, seine Art blieb ihm rätselhaft.

Er ging auf den Hof hinauf und sagte seinen beiden Arbeitern, Lindenberg und Matjä, daß sie mit Karren und Forken auf das Maisfeld fahren sollten. Er konnte diese Verwüstung dort nicht so liegenlassen, vielleicht war das Maisstroh noch zur Einstreu für die Kuh, die Kolben als Hühnerfutter zu verwerten. Er begleitete die Leute selbst hinaus auf das Feld, um ihnen die nötigen Anweisungen zu geben.

Als nun der Arbeiter Lindenberg, der ein bißchen düsig und ein bißchen schadenfroh war, die Verwüstung sah, griente er und sagte: »Also doch! Ich habe mich schon immer gewundert, daß es so lange gutgegangen ist. Aber nun ist es doch soweit!«

Unwillig antwortete der Vater: »Was ist das nun wieder für ein albernes Gerede, Lindenberg? Warum grienen Sie noch, wenn Sie den schönen Mais verdorben sehen? Was ist nun soweit –?«

»Ja, Herr Ditzen«, antwortete Lindenberg und kratzte sich am Kopfe, »wir Carwitzer haben ja früher alle auch ein bißchen Mais gebaut, aber wie der Dachs dann so hereinkam wie hier, haben wir es aufgegeben. In den letzten Jahren gab es keine Dachse, der Förster hatte sie wohl abgeschossen, aber jetzt hat sich wohl wieder einer hergezogen …«

Der Vater hörte dem umständlichen Gedröhne schon gar nicht mehr zu. Er gab den Männern eilig seine Anweisungen und ging dann nach Haus; sie warteten schon mit dem Morgenkaffee auf ihn. Stumm und gedankenvoll setzte er sich an den Tisch; ohne es zu merken, aß und trank er. Seine Gedanken waren noch immer beim Dachs – du lieber Himmel, daß er nicht von selber darauf gekommen war! Ein Dachs im Mais und derselbe Dachs im Garten, der schlimme Schadenstifter! Gleich nach dem Kaffee würde er im »Brehm« nachsehen, wie man diesem elenden Tiere zu Leibe gehen konnte.

Die andern hatten ihren so ungewöhnlich schweigsamen Vater stumm angeschaut, niemand hatte es so recht gewagt, ihn in seinen Gedanken zu stören. Schließlich hielt es aber die Mücke nicht mehr aus, sie sagte: »Papa, es ist wieder ein Loch im Zaun, zwei von den großen schweren Steinen sind umgeworfen.«

Und die Mutter setzte eilig hinzu: »Und diesmal ist es bestimmt nicht die Teddy gewesen!«

Der Vater hob den Kopf und sah in die Runde. Sein Blick war fast triumphierend, als er sagte: »Es ist nicht nur ein Loch, es sind zwei Löcher im Zaun. Und unser halber Mais ist abgefressen. Jetzt weiß ich aber endlich, wer dieser Schadenstifter ist. Kinder, wir haben einen Dachs!«

»Einen Dachs –?« riefen alle verwundert. »Wirklich einen Dachs –?«

»Ja«, sagte der Vater. »Ein infamer, nichtsnutziger Dachs hat all diesen Schaden und diese Unruhe gestiftet. Und ich erkläre hier öffentlich vor euch allen: Wir werden diesen Dachs mit allen Mitteln verfolgen und bekämpfen, bis er entweder geflohen oder ausgerottet ist –!«

Unwillkürlich war der Vater bei seinen letzten Worten aufgestanden, jetzt sah er mit funkelndem Auge in die Runde. Dann setzte er sich wieder unter allgemeinem ergriffenem Schweigen.

Dem Dachs Fridolin war von Ditzens der Krieg erklärt!

Sechstes Kapitel

Ein Kriegsrat und Kriegsvorbereitungen. Mücke macht einen Spaziergang, scheidet aus der Kriegspartei aus und wird Fridolins Bundesgenossin

Will man Krieg gegen einen Feind führen, so muß man vor allem seine Gewohnheiten und seine Schwächen kennen, besonders seine Schwächen, denn bei denen muß man ihn packen. Nach dem Frühstück saß der Vater mit seinen Kindern in der Stube, vor sich hatten sie den dicken Band »Säugetiere III« von »Brehms Tierleben« zu liegen, und der Vater las vor, was der alte Brehm von diesem Tier zu berichten wußte.

Sie erfuhren von seinem einsiedlerischen, griesgrämigen Leben, von seiner nächtlichen Nahrungssuche und von der großen Vorsicht, die der Dachs dabei beobachtet. Sein langsamer Gang war ebenso erwähnt wie seine Vorliebe, sich an klaren Tagen vor dem Eingang seiner Höhle zu sonnen. Als sie von der sorgfältigen Art, mit der die Dachse ihre Höhlen anlegen, vernahmen, riefen sie alle einstimmig: »Es war wohl also gar kein Otter in dem Bau auf dem Baumwerder, sondern der Dachs – unser Dachs!«

Bei der Aufzählung der Speisen, von denen sich der Dachs vorzüglich ernährt, wurde der Mais vermißt, aber der Vater erklärte das damit, daß zur Zeit, als Vater

Brehm sein »Tierleben« schrieb, noch kein Mais in Deutschland angebaut wurde. Erst später sei diese südländische Pflanze den deutschen Verhältnissen angepaßt worden, und es sei noch gar nicht lange, daß sie überhaupt feldmäßig angebaut werde. Die Dachse aus den Zeiten Brehms kannten also den Mais noch nicht.

Besonders wurde natürlich aufgehorcht, als von der Art, in der man den Dachs erlegen konnte, berichtet wurde. Man konnte ihm im ersten Morgengrauen auflauern, wenn er von seiner Nahrungssuche heimkehrte, und mit der Kugel schießen. Diese Möglichkeit schied für Ditzens aus, denn der Vater besaß keine Kugelbüchse und durfte überhaupt auf dem Carwitzer Land nicht jagen. Das durften nur der Jagdaufseher Friesicke und sein Herr.

Man konnte den Dachs aber auch in Fallen fangen. Als er dies las, leuchteten des Vaters Augen auf, denn er erinnerte sich eines alten Tellereisens, das noch vom Vorbesitzer her halb verrostet auf dem Futterboden lag. Er berichtete den Kindern davon, und es wurde beschlossen, dieses Eisen schon am heutigen Abend in einem der vom Dachs in der letzten Nacht geschaffenen Zaunlöcher aufzustellen.

Schließlich konnte man den Dachs mit Hunden aus seinem Bau aufjagen oder darin aufgraben. Mit einem Hund war am vorhergehenden Abend schon ein freilich vergeblicher Versuch gemacht worden; es wurde beschlossen, im Laufe des heutigen Tages noch einen zweiten Versuch mit der Teddy zu machen.

Die Hinzuziehung von Hilfstruppen in Gestalt einiger Dorfhunde wurde abgelehnt, die Röhre hatte sich am gestrigen Tage schon für die eine Teddy als zu eng erwiesen. Dafür aber sollte der Hang genau nach weiteren Notröhren abgesucht werden; wie Vater Brehm berichtete, mußte es bei jedem anständigen Dachs solche Notröhren geben – vielleicht war eine von ihnen weiter und gewährte der Teddy leichteren Einlaß.

Vater und Kinder schwelgten schon bei dem Gedanken, wie der von Teddy aufgestöberte Dachs aus seiner Röhre fahren und wegen seines langsamen Ganges leicht eingeholt werden würde. Nach Vater Brehm genügte ein kräftiger Schlag auf die Nase, um den Dachs zu töten. Es wurde beschlossen, zu dieser Expedition starke Stöcke mitzunehmen, und der Sohn Uli wurde mit ihrer Beschaffung beauftragt.

Es mag den Ditzens verziehen werden, daß sie schon jetzt überhaupt nicht mehr daran dachten, den Dachs vom Baumwerder und der Halbinsel zu vertreiben, sondern daß ihre Gedanken nur auf die völlige Vernichtung des Tieres gerichtet waren. Denn das ist bei allen Kriegen so: Sind sie erst einmal entbrannt, ist der erste Anlaß, der strittige Besitz einer Provinz etwa, sofort vergessen. Man will den Gegner vernichtet am Boden sehen, billiger geht es bei allen Kriegen der Menschen nie ab.

Daß die Ditzens aber gar nicht an die so empfindliche Nase ihres doch geliebten Spielhundes Teddy dachten, war eigentlich unverzeihlich. Der Vater Brehm berichtete doch klar und deutlich, daß ein in seinem Bau von Hunden überraschter Dachs sich oft kräftig zur Wehr setzt und den nachdrängenden an den Nasen fürchterliche Wunden beibringt. Nein, diese Bemerkung Brehms beachteten Ditzens, selbst die weichherzige Mücke, nicht. Aber auch das war vielleicht eine Folge des soeben erklärten Krieges: Der Mensch ist geneigt, in einem solchen Unternehmen alles, auch das ihm sonst Liebste, zu opfern, wenn er damit nur sein Ziel, nämlich die Vernichtung des Gegners, erreicht.

Was nun aber das Aufgraben des Baues anging, so war das kaum so ohne weiteres durchzuführen, denn nach der Richtung der Einschlupfröhre mußte die Höhle unter dem Acker des Ortsbauernführers Ihlenfeldt liegen, und in dessen Kartoffelacker konnte man doch wohl kaum ohne Erlaubnis größere Erdbewegungen durchführen. Diese Erlaubnis sich aber zu holen lag dem Vater ferne: Er und der Ortsbauernführer standen aus mancherlei Anlaß auf einem gespannten Fuße miteinander.

Schließlich erwähnt der alte Brehm noch eine Art, den Dachs während seines Winterschlafes zu erlegen, indem man ihn nämlich in seiner Höhle mit einer Art Erdbohrer »festbohrt«. Brehm nennt diese Methode selbst barbarisch, und der Gedanke, daß sich da eine bohrende Spitze in den Körper des schlafenden Dachses senkt und so aus seiner behaglichen Wohnhöhle sein Grab macht, dieser Gedanke ist wirklich so abscheulich, daß er von allen Ditzens trotz ihrer Kriegsbegeisterung einstimmig abgelehnt wurde.

Zum Schluß berichtet Brehm noch von der Verwertung des erlegten Dachses. Aus seinen Haaren mache man Bürstenwaren, das reichlich vorhandene Fett werde ausgelassen zum Einreiben verwendet und solle nach dem Volksglauben vornehmlich gegen alle Brusterkrankungen gut sein, das Fleisch schmecke aber noch süßer als Schweinefleisch, werde aber *trotzdem* von vielen begeistert gegessen.

Daraufhin holte der Vater seinen Rasierpinsel, der aus Dachshaar bestand; die schöne weiß-gräulich-bräunliche Färbung wurde bewundert, ebenso wie seine Weichheit, und Brehm schrieb doch, daß das Haarkleid des Dachses borstig sei. Auch seinen Satz über das Fleisch hatten die Kinder zu beanstanden, sie hatten noch nie bemerkt, daß Schweinefleisch süß schmeckte, und warum etwas noch Süßeres nur »trotzdem« gerne gegessen wurde, blieb ihnen ganz unverständlich. Ihnen konnte es gar nicht süß genug schmecken!

Aber das waren Kleinigkeiten. Es würde sich schon ergeben, wie man den erlegten Dachs verwendete und ob man ihn aufaß – erst einmal zog man in den Krieg gegen ihn. Die Stunde für den Feldzug gegen seinen

Bau wurde auf den späten Nachmittag festgesetzt, und jedes ging an seine Arbeit. Der Vater überzeugte sich davon, daß im Maisfeld gut aufgeräumt war und daß es zwar leer, doch ordentlich aussah. Es war seltsam: Der Entschluß, den Dachs mit Krieg zu überziehen, hatte irgendwie die Trauer über den geplünderten Acker vermindert. Die Gewißheit, daß der Schaden hier sich nicht weiter vergrößern würde, machte den Anblick erträglicher. Der Vater drehte sich kurz um, ging in seine Stube und setzte sich an seine Schreiberei.

Der Sohn Uli ging seinerseits auf den Holzplatz, um Stöcke für den ersten Feldzug vorzubereiten. Da man einen kräftigen Schlag auf die Nase führen mußte, hatten es kräftige Stöcke zu sein, eher schon derbe Knüppel. Nach einigem Suchen entschloß sich der Sohn für alte Baumpfähle, die auf dem Hof, weil abgefault, zum Brennholzschneiden lagen. Sie hatten die Stärke eines kräftigen Männerarms. Er sägte ein Stück von jedem ab und stellte drei bereit, einen für sich, einen für seine Schwester, die Mücke, und einen für den Vater. Für Achim wählte er einen dünnen Haselstecken.

Von der Mutter ist gar nichts zu berichten, sie hatte – nach Frauenart – weder an dem Kriegsrat teilgenommen, noch unternahm sie jetzt irgendwelche Vorbereitungen für den Feldzug. Sondern sie war in der Küche mit dem Zurichten des Mittagessens beschäftigt.

Von dem kleinen Achim ist ebenfalls nichts zu berichten. Nachdem er das Bild vom Dachs im »Brehm«

bewundert und ihn zum »komischen Hund« ernannt hatte, war er zuerst auf den Hof zum Sandhaufen entschwunden. Dann hatte er sich mit dem Wagen, der die Milchkanne holte, sachte ins Dorf verkrümelt. Ihm bedeutete ein Krieg noch gar nichts, er dachte nur an seine Spiele mit den Jungens im Dorfe.

Die Mücke aber konnte den Gedanken an den Dachs nicht loswerden. Sie erinnerte sich sehr gut an das, was Brehm von der Vorliebe dieser Tiere für Sonnenbäder geschrieben hatte. Sie wußte auch noch, daß es für einen geschickten Jäger nicht übermäßig schwierig ist, einen Dachs bei einem solchen Sonnenbade zu beobachten. Man mußte sich nur vorsichtig anschleichen – wie man das machte, wußte sie aus dem Karl May –, und vor allem mußte man die Windrichtung beobachten. Man mußte sich gegen den Wind anschleichen, so daß die Luft keine Spur des menschlichen Geruches zum Dachse hintrug.

Die Mücke überlegte es sich hin, und die Mücke überlegte es sich her: Sie hätte doch gar zu gerne das Tier, dem man den Krieg erklärt hatte, einmal gesehen. Da sie, wie wohl schon gesagt ist, ein ausnehmend artiges Kind war, bedachte sie natürlich auch, ob sie wohl so ohne weiteres zum Dachsenbau hingehen könnte. Sie stellte fest, daß nichts Gegenteiliges gesagt worden war, faßte ihren Entschluß, ging in die Küche und fragte ihre Mutter: »Darf ich wohl ein bißchen spazierengehen, oder kann ich dir noch etwas helfen?«

»Natürlich kannst du spazierengehen, Mücke«, antwortete die Mutter. »Das Essen ist heute ganz einfach; ich schaffe mit Frau Schemmel und Inge schon alles alleine. Geh nur los – die Sonne scheint so schön.«

»Danke schön!« sagte die Mücke artig. Sie blieb aber noch einen Augenblick stehen und fragte flüsternd: »Was gibt es denn heute zu Mittag?«

»Gebratene Schornsteinfeger!« rief die Mutter, denn sie mochte die Topfriecherei nicht leiden. »Willst du wohl machen, daß du aus meiner Küche kommst, Jungfer Neugier –?!«

»Ich bitte vielmals um Entschuldigung«, sagte Mücke schuldbewußt und verließ die Küche. Es machte ihr großen Kummer, daß sie der Mutter, die ihr eben erst einen Spaziergang erlaubt hatte, Ärger bereitet hatte, und sie schwor sich zu, die häßliche Eigenschaft Neugier gänzlich in sich auszurotten. Sie mußte unbedingt noch bis Weihnachten ein völlig fehlerloses Kind werden – das hatte sie sich fest vorgenommen.

Auf dem Hofe wollte sich die Teddy – immer ausgehhungrig – natürlich gleich bei ihr anbiedern, aber Mücke konnte sie bei dieser heimlichen Dachserforschung absolut nicht gebrauchen. Es gelang ihr, die Teddy in den Kohlenstall zu locken und die Tür schnell zuzuwerfen. Ja, jaule du nur! dachte die Mücke und verließ den Hof.

Durch den Drahtzaun sah sie ihren Bruder Uli, der

mit Knüppelsägen beschäftigt war. Uli rief: »Wo gehst du denn hin, Mücke?«

»Gebratene Schornsteinfeger pflücken!« antwortete die Mücke und ging weiter, ohne auf das unartige Geschimpfe ihres Bruders zu achten. Im Weitergehen nach dem Baumwerder bemühte sie sich, die Füße schön auswärts zu setzen, sich gradezuhalten und die Arme nicht wie Pumpenschwengel zu bewegen. Dabei wünschte sie sich von Herzen, den Dachs zu Gesichte zu bekommen.

Zur gleichen Zeit, da die Mücke Ditzen sich auf ihren Erkundungsgang machte, erwachte der Dachs Fridolin in seinem Bau. Selbst hier in seiner Erdhöhle, fast zwei Meter tief, merkte er, daß es draußen warm war und daß die Sonne schien. Er rekelte und streckte sich, er gähnte ein paarmal kräftig, er nieste, und er machte auch ein ganz kleines Rülpserchen. Das erinnerte ihn an das köstliche Mahl von der vergangenen Nacht, drauf mußte er jetzt eigentlich einen frischen Trunk setzen. Es fiel ihm aber auch ein, daß er jetzt einen vergrößerten und bequemeren Sonnenbadeplatz hatte. So schnaufte er ein paarmal, rülpste stärker und sprach zu sich: »Na ja, na ja, nichts wie Arbeit auf dieser Welt! Nun muß ich schon wieder saufen und mir die Schwarte wärmen, statt ruhig weiterzuschlafen. Ich sage es ja: Zu nichts kommt man ...«

Es dauerte aber noch eine ganze Weile, bis er sein wohliges Recken und Strecken, das er natürlich auch als Arbeit ansah, aufgab und sich zum Verlassen des Schlafzimmers entschloß. Da er doch saufen wollte, wählte er nicht den Gang steil aufwärts zum Sonnenplatz, sondern die langsam abwärts fallende Notröhre, die zu den Steinen am See führte. Diese Notröhre, die er ein paar Tage nicht benutzt hatte, war unterdes von einer ausnehmend fetten Kröte zum Quartier erwählt worden. Fridolin faßte sie, ehe sie noch die drei ersten Fluchthüpfer beendet hatte, und schluckte sie zufrieden hinunter.

»Was das alles für Arbeit macht«, seufzte er dabei, »nur sein bißchen Wohnung in Ordnung zu halten – es ist nicht zu sagen! Ich sehe schon, ich muß mich zu einem Großreinemachen entschließen und auch noch die andern Notröhren revidieren. Na ja, na ja, über mangelnden Fleiß kann der Schöpfer aller Tiere bei mir bestimmt nicht klagen! Ich gehe jede Wette ein, ich bin der fleißigste Dachs aller Dachse.«

Mit diesen Worten war er bei dem gut versteckten Ausgang der Notröhre angelangt, er saß noch eine Weile ganz still, ehe er sich ins Freie traute. Seine Lauscher spielten nach allen Seiten, damit ihnen auch kein Laut entgehe, seine Nase bewegte sich schnobernd, aber kein böser Geruch belästigte sie, kein unrechter Laut störte den Sommerfrieden. So kam er denn endlich hervor, sah noch, am Seeufer sitzend, um sich, entschloß sich dann aber doch zum Trunke, der lange dauerte, weil er genießerisch immer nur kleine Schlucke nahm.

Wieder blieb er still unten hocken. Er überlegte sich, ob er jetzt mit dem Großreinemachen beginnen, das heißt die Notröhren durchkriechen sollte oder ob er nicht doch lieber direkt den Abhang hinaufsteigen und sich an seinen geliebten Sonnenbadeplatz legen sollte. Er entschied, daß er für diesen Vormittag genug gearbeitet hatte, und kletterte langsam und schwerfällig den Abhang hinauf.

Vor seiner Schlupfröhre angelangt, legte er sich sofort auf den Rücken und hielt den Bauch der Sonne hin, wobei er die Pfoten eng an den Leib zog. Dadurch erwärmt sich das kalte Wasser in meinem Magen am raschesten, dachte er und schaukelte sich behaglich hin und her. Die Sonne wärmte wirklich köstlich, und dazu war dieser Platz durch das Graben des Hundes tiefer und damit windgeschützter geworden – es war wirklich ein sehr behaglicher Platz.

Es ist doch eine Riesenanstrengung, so eine Kröte schon am Vormittag aufzufressen, dachte Fridolin, und wahrscheinlich machte es der Gedanke an diese Anstrengung, daß der Dachs sofort einschlief. Er war wirklich sehr ruhebedürftig.

Aber die Tiere haben Ohren, die auch im Schlafe hören: Plötzlich erwachte Fridolin. Er lag dachsenstill in der schönen Sonne, aber seine Lauscher spielten nach allen Seiten, und soweit es die Mulde, in der er lag, zuließ, suchten seine Augen argwöhnisch das ganze Gelände ab.

Doch trugen die Ohren dem Dachs nichts Verdächtiges zu, die Luft summte gewissermaßen vor Sonnenwärme; es war aber das tausendfältige Flügelschlagen all der Insekten, die in ihr tanzten, flatterten, flogen: die Flor- und Eintagsfliegen, die Mücken, die Hummeln und die Bienen. Und von unten klang leise das Murmeln des Sees herauf, das Schilf rauschte kaum, so ruhig war die Luft ... Nein, etwas Verdächtiges war nicht zu hören ...

Aber die Augen, die Augen –! Dieser Baum da drüben, hätte er nicht weiß sein sollen? Nun aber war er rot, wenigstens unten. Und er war doch auch dicker geworden –? Und ganz matt spürte Fridolin in der Luft den widrigen Geruch von etwas Zweibeinigem ...

So war es fast sicher, daß etwas Feindliches während seines Schlafes nahe gekommen war. Aber der Dachs rührte sich nicht, bewegungslos lag er da, auf dem Rücken, die Pfoten gegen den Bauch gezogen. Wie es in ihm von Geburt her lag, wie es in allen Dachsen von jeher lag, stellte er sich der Gefahr gegenüber erst einmal tot, als wüßte er, daß ein großmütiger Gegner einem toten Feinde nichts tut. Aber jeder Nerv in Fridolin lag auf der Lauer, jeder Muskel war gespannt: Der Dachs war bereit, sich bei der ersten Bewegung des Feindes in die Röhre und damit in Sicherheit zu rollen.

Die Mücke aber stand in ihrem roten Kleide am Stamm der Birke und dachte nicht daran, sich zu bewegen. Sie hielt den Atem an und starrte bewegungslos, mit entzückten Augen auf das Tier, das da so komisch in der Sonne lag. Kein Shatterhand, kein Winnetou hätte sich vorsichtiger anschleichen können, als es die Mücke getan hatte. Sie hatte nicht mehr daran gedacht, die Füße fein auswärts zu setzen und sich gradezuhalten, aber auf jedes Steinchen hatte sie geachtet, und jedem trockenen Blatt war sie aus dem Wege gegangen.

So war sie ganz dicht an den Dachs herangekommen, immer hatte sie noch ein Schrittchen zugelegt und wieder ein Schrittchen; sie hatte gesehen, daß der Dachs schlief, und dann hatte sie sich nicht mehr weitergewagt, aus Furcht, ihn aufzuwecken. Ihr Herz hatte gewaltig geklopft, und ihre Knie hatten gewackelt. Vielleicht war sie noch nie in ihrem Leben derartig aufgeregt gewesen, denn die Aufregung vor der Weihnachtsbescherung war von ganz anderer Art.

Sie hatte sich leise gegen den Stamm einer Birke gelehnt, aber so leise sie das auch getan hatte, ein ganz leises Geräusch hatte es doch gegeben, als ihr Rücken sich gegen den Stamm lehnte. Da hatte sie den Dachs erwachen sehen, sie wußte es sofort: Jetzt wacht er auf! Ein Zittern war über seinen Leib gelaufen, besonders der runde Bauch hatte leise, aber heftig gebebt, dann hatten sich die Augen geöffnet, und die Ohren hatten sich bewegt.

Die Mücke fand, er sah so drollig aus, dieser Dachs, ganz anders, als sie sich nach dem Bild im »Brehm« ihn vorgestellt hatte, und auch ganz anders, als sie sich ein wildes Tier vorgestellt hatte. Wohl stimmte die Zeichnung des Fells und die lange Schnauze und das weiße Gesicht mit dem schwarzen Streifen, und die lange rüsselförmige Nase, die stimmte auch, und doch hatte sie sich alles ganz anders vorgestellt, er sah so gar nicht »wild« aus, dieser Dachs! Wie er da mit seinen angezogenen Füßchen lag, kam er ihr putzig vor und eher bemitleidenswert, wie ein alter Großvater, der sich nicht mehr recht helfen kann, sondern dem man beistehen muß.

Plötzlich kam der Mücke der spitze Bohrer in die Erinnerung, den manche Menschen in solch ein Tier während des Winterschlafes hineinbohren – sie schloß die Lippen ganz fest und runzelte die Stirn: Das mußten sehr böse Menschen sein, die so etwas tun konnten! Ja wenn die Mücke jetzt einen Stein in der Hand gehabt hätte, einen faustgroßen Stein, und wenn sie ganz sicher gewesen wäre, mit diesem Stein dem Dachs plauz! auf die Nase und ihn dadurch totzuwerfen – sie hätte den Stein nicht geworfen.

Da half es auch nichts, an die Löcher im Zaun und an die Hühnerjagden und an den zur Hälfte verwüsteten Mais zu denken. Für Mücke war in diesem Augenblick der Krieg bereits aus und beendet. Sie hatte nicht die Absicht, diesen alten kleinen Großvater totzuschlagen und von seinem Fleische mitzuessen, und wenn es hundertmal süßer als Schweinefleisch schmeckte!

So ein putziger kleiner Kerl, er wußte ja gar nicht, was für einen Schaden er anrichtete. Er wußte nicht einmal, daß ihm der Krieg erklärt war. Er war ein ganz friedlicher Geselle, so ein richtiger Friedolin, nein, den Friedolin aus dem Gang zum Eisenhammer schrieb man Fridolin, ohne »e«. Aber das war jetzt egal. Fridolin war ein ausgezeichneter Name für dieses Tierlein, das übrigens auch viel kleiner war, als die Mücke sich vorgestellt hatte.

Nein, sie würde auch dem Vater sagen, daß sie bei diesem Kriege nicht mitmachte, der große Bruder Uli mochte über diese weichherzige Suserei spotten, soviel er wollte. Und sie würde darauf achten, daß die Teddy nicht wieder unbeaufsichtigt an diesen Bau kam: Auch Mücke fand das schön ausgehöhlte und geglättete Sonnenbad sehr hübsch. Bestimmt hatte es dem Dachs viel Arbeit gemacht, Teddys Buddelei wieder in Ordnung zu bringen.

Armer kleiner Kerl! Sicher war es sehr schwierig, sich allein durch die Welt zu schlagen, ohne Vater und Mutter, von vielen Gefahren und jetzt auch noch von Ditzens bedroht. Dabei konnte man wohl griesgrämig werden, wie der Brehm schrieb. Mücke konnte es sich gut ausmalen, wie schlecht ihre Laune sein würde, wenn sie immer allein hausen müßte und wenn jeder Mensch und jedes Tier ihr hübsches kleines Zimmer kaputtmachen dürfte! Nein, sagte sie sich, sie wollte sich nicht nur von dem Krieg der Ditzens gegen den

Dachs ausschließen, sie wollte sogar seine Bundesgenossin werden, sie wollte ihm helfen, soviel sie konnte. Sie wußte zwar noch nicht, worin ihre Hilfe bestehen konnte, aber es würde ihr schon etwas einfallen!

Am besten wäre es natürlich gewesen, wenn sie mit dem Dachs hätte sprechen können. »Lieber Fridolin«, würde sie ihm sagen, »der Papa ist furchtbar wütend auf dich, weil du unsern ganzen Mais kaputtgemacht hast und immer Löcher unter dem Zaun durchgräbst, und er hat dir den Krieg erklärt. Ich rate dir: Ziehe weg von hier, suche dir einen Ort, wo der Papa dich nicht erreichen kann, denn wenn er erst mal wütend ist, wird es bestimmt schlimm für dich. Es gibt doch viele Orte auf der Welt, wo du ruhiger und friedlicher als bei uns leben kannst, und wenn du durchaus Mais fressen mußt, so suche dir ein großes Rittergutsfeld, wo es auf dein bißchen nicht ankommt, und nicht unsern kleinen Acker. Also mach dich fort, Fridolin, ich bin wirklich deine gute Freundin und rate dir gut.«

Aber leider hätte alles Reden nichts genutzt, denn der Dachs verstand kein Wort Deutsch-Zweibeinisch. Zum andern aber hätte Fridolin, hätte er die Mücke doch verstehen können, manches auf ihren guten Rat zu antworten gewußt, zum Beispiel, daß dieser Ort ihm bis in die letzten vierundzwanzig Stunden als der friedlichste auf der ganzen Welt vorgekommen war und daß stinkende Füchse nach der Art des Isolein ihm eigentlich noch schlimmer schienen als Menschen mit ihren Hunden.

Aber leider wurde aus diesem ganzen Zwiegespräch nichts, weil sich die Mücke und der Dachs eben nicht verständigen konnten. So blieben sie eine lange Zeit fast bewegungslos nahe beieinander; sie sahen sich in die Augen, und der Mücke wurde ganz seltsam unter dem Blick des Dachses, unter diesen kühlen, fremden Augen – so fremd hatte sie noch niemand im Leben angesehen. Die Tiere auf dem Hof: der Hund, die Kuh, die Schweine sahen sie ganz anders an, aber vermutlich waren diese Tiere schon mehr an den Anblick eines Menschen gewöhnt und sahen ihn darum nicht mehr so fremd an wie so ein Dachs.

Es war nicht abzusehen, wie lange die beiden noch so still beieinander ausgehalten hätten, das Menschenmädchen und der Dachs, denn keines wagte sich zuerst zu rühren, und wenn es die Mücke auch noch so sehr wie Husten in der Kehle juckte, sie bezwang den Reiz heldenhaft – da löste sich die Lage auf eine ganz andere Art …

Denn plötzlich kam etwas auf Mückes Spur dahergesaust wie eine Kanonenkugel, ein fliegendes, jachterndes Gebilde aus Fleisch, Haut und Haaren – und es war natürlich die Teddy, die von der Inge aus dem Kohlenschuppen befreit worden war und die nichts Eiligeres zu tun gehabt hatte, als sich Mückes Spaziergang, freilich etwas verspätet, anzuschließen. Freudewinselnd sprang der Hund an Mücke hoch; der Dachs aber stieß ein ärgerliches Prusten aus, das ganz so klang wie: »Na also! Da haben wir ja den Salat! Genau, wie ich es mir gedacht habe!« Er kugelte sich in seine Höhle und war von der Bildfläche verschwunden.

Die Teddy aber, die das Prusten gehört und den Geruch des Dachses wahrgenommen hatte, sprang von ihrer Herrin fort und in den Eingang der Röhre. Sie bellte nur ganz kurz und zornig und fing sofort mit wildem Eifer zu graben an. Mücke sprang ihr nach, sie faßte nach des Hundes Halsband – das war aber schon mit Kopf und Hals in der Erde verschwunden. So faßte die Mücke mit beiden Händen den besten Henkel, den solch ein Hund hat, nämlich den Schwanz, sie zog zornig daran, und dazu schrie sie: »Willst du sofort mit deinem Buddeln aufhören, du abscheuliche Teddy?! Der Fridolin hat dir gar nichts getan, und du hast seine Wohnung gefälligst in Ruhe zu lassen, verstehst du mich?!«

So kräftig angesprochen und gezogen, mußte die Teddy schließlich doch von ihrer Buddelei ablassen. Ganz erstaunt kam sie mit ihrem sandigen Kopf aus dem Dunkel hervor und schaute ihre Herrin fragend an: Was war denn nun wieder los? Gestern war sie ermuntert worden, feste zu graben, und nun sollte sie wieder nicht? Verstehe einer diese Menschen!

Mücke aber faßte die Teddy fest bei ihrem Halsband und führte sie von Fridolins Bau fort. Sie ließ sie auch nicht eher los, als bis sie über die Brücke zum Baumwerder weg waren, und den Rest des Weges warf sie sicherheitshalber ununterbrochen Steinchen, damit die Teddy ja nicht auf den Gedanken käme, wieder zu Fridolins Bau umzukehren. So gab die Mücke ihren ersten Beweis von ihrer Bündnistreue mit Fridolin. –

Beim Mittagessen an diesem Tage überraschte die Mücke ihre Angehörigen durch folgendes Zwiegespräch, das sie mit ihrem Vater führte. Sie leitete es mit der Erklärung ein: »Du, Papa, ich habe mir die Sache überlegt, ich mache bei diesem Krieg mit dem Dachs nicht mit.«

»So?« fragte der Vater und warf einen erstaunten Blick auf seine älteste und einzige Tochter. »Und warum hast du deinen Entschluß von heute morgen so plötzlich geändert?«

»Ja«, antwortete die Mücke, »ich habe nämlich den Dachs in der Sonne vor seiner Höhle schlafen sehen, und er ist ein ganz putziges kleines Tier, mit dem man eher Mitleid haben muß. Er sieht ganz friedlich aus, und darum habe ich ihn auch Fridolin genannt.«

»So!« sagte der Vater wieder, aber diesmal nicht fragend, sondern eher entrüstet. »Darf ich mich erkundigen, ob du am Vormittag in der Sonne eingeschlafen bist und ein bißchen geträumt hast? Wo hast du denn den Dachs gesehen?«

»In der Kute doch vor seinem Bau!« berichtete die Mücke ganz ungerührt, wenn sich auch ihre Backen immer röter färbten. »Ich habe einen Spaziergang dorthin gemacht.«

»So!!!« rief der Vater zum dritten Male, aber diesmal drohend. »Und wer hat dir die Erlaubnis gegeben, zum Dachsbau zu gehen, Fräulein Vorwitzig?! Jetzt hast du uns den Dachs womöglich vergrämt, und aus unserer Nachmittagsexpedition wird kaum noch etwas werden!«

»Die Mummi hat mir erlaubt spazierenzugehen«, gab die Mücke Auskunft. »Ich habe ihr aber nicht gesagt, daß ich zum Dachsbau wollte. Geh du doch auch einmal morgen vormittag hin, Papa. Wenn du ihn in der Sonne liegen siehst, merkst du auch, daß er ein sehr nettes Tier ist, ein richtiger Fridolin. Ich bin jedenfalls seine Bundesgenossin geworden, Papa. – Du brauchst gar nicht so zu grinsen, Uli, ich werde dem Dachs helfen, soviel ich kann!«

»Du mit deinem Fridolin!« sagte der Vater empört. »Wenn ich meinen Mais ansehe, wird mir ganz nach Fridolin zumute. Denkst du denn gar nicht daran, wie vielen Schaden er angerichtet hat? Womit soll deine Mutter denn das Geflügel über Winter füttern – du weißt doch, wie knapp das Futter ist!«

»Aber, Papa«, antwortete Mücke überlegen. »An das Hühnerfutter für den Winter kann der Fridolin doch wirklich nicht denken, der ist doch nur ein dummes kleines Tier! Es ist doch nicht richtig, ihn deswegen umbringen zu wollen!«

»Das ist ja ein reizender Standpunkt!« rief der Vater wieder. »Dann soll ich wohl auch die Ratten auf meinem Futterboden toben lassen und keine Katze gegen sie halten? Die Ratten können auch nichts dafür, daß ihnen unser Kuh- und Schweinefutter so gut schmeckt!«

»Das ist doch etwas ganz anderes!« entgegnete die Mücke. »Ratten sind ekelhafte Tiere, und darum ist es nur gut, wenn man sie umbringt. Aber Fridolin ist ein ganz süßer Dachs, und ich bin darum seine Freundin geworden.«

Über diese echt weibliche Antwort war der Vater eine Weile so verdutzt, daß er gar nichts sagte. Dann bemerkte er abschließend: »Also meine Tochter Mücke macht bei dem Dachsenkrieg nicht mit. Sie will sogar ihrem Fridolin helfen. Sehr gut! Ausgezeichnet!! Wirklich wunderbar!!!« Aber es war den Worten des Vaters anzuhören, daß er dies weder gut noch ausgezeichnet noch wunderbar fand. Er wandte sich an seinen Sohn: »Du bleibst doch bei meiner Partei, Uli?«

»Versteht sich von selbst, Papa«, antwortete der Sohn. »Ich habe schon Knüppel zurechtgesägt, und wenn ich diesen Fridolin treffe, will ich ihm eins auf die Nase geben, daß er auf der Stelle umfällt.«

Mücke zuckte bei diesen Worten zusammen, aber sie sagte nichts mehr.

Später beim Abwaschen in der Küche meinte die Mutter zur Tochter, die ihr abtrocknen half – Geschirrabtrocknen gehörte auch zu den Leidenschaften Mückes –, also die Mutter sagte: »Heute mittag hast du aber mit dem Papa gar nicht artig geredet, wie wir es sonst von dir gewöhnt sind, Mücke!«

»Ach, Mummi!« antwortete die Mücke. »Artigsein ist sicher etwas Großartiges, und ich will bestimmt noch immer artiger werden. Aber wenn es um meinen Fridolin geht, dann kann ich nicht mehr an Artigsein denken, dann denke ich bloß daran, daß sie ihn totschlagen wollen, und so rede ich dann auch. Das kommt dann ganz von selbst.«

Darauf antwortete die Mutter gar nichts, und schweigend fuhren die beiden fort mit Geschirrabwaschen und -abtrocknen.

Siebentes Kapitel

Wirkungsloser Feldzug.
Fridolin bekommt zwei Füchse als Mieter,
ihm wird durch sie das Leben gerettet

Wenn der Vater Ditzen an diesen Herbst zurückdachte und an den mit so großen Erklärungen begonnenen Krieg, so mußte er sich eingestehen, daß der Feldzug ein völliger Mißerfolg gewesen war. Ein Mißerfolg –? Einen Mißerfolg kann man überwinden, ein Mißerfolg kann sogar zum Ansporn werden, die eigenen Anstrengungen zu erhöhen – aber nichts von alledem! Der ganze Krieg war im Sande verlaufen, wochenlang hatte man den Dachs Fridolin ganz vergessen, und als erst der Winter kam, dachte erst recht keiner mehr an ihn, nicht einmal die Mücke.

Natürlich wurde doch die geplante Expedition zum Dachsbau gemacht, obwohl oder vielleicht grade weil die Mücke als Kriegsteilnehmerin ausgeschieden war und obwohl die Befürchtung bestand, daß der Dachs durch Mückchens Spaziergang »vergrämt«, das heißt, daß er geflohen war, daß er seinen Wanderstab weitergesetzt hatte.

Aber es erwies sich, daß die Teddy wohl viel guten Eifer, aber keinerlei Grabtalente besaß: Immer wieder buddelte sie sich fest. Sie wirbelte im Anfang Sand und

Steine auf, daß sie mit den Staubwolken fast die Sonne verfinsterte. Dann verschwand sie in der Röhre, und wenige Minuten später setzten diese schraubenförmig windenden Bewegungen ihres Hinterleibes ein: Die Teddy strebte nicht mehr nach dem Dachse, sondern nach der lieben Luft!

Nach einigen Minuten Ruhe von neuem ermuntert, begann sie mit frischem Eifer und endete mit demselben Mißerfolg. Schließlich konnte kein Listen und Locken sie mehr zu der Röhre hinkriegen; die Teddy, erhitzt und völlig verdreckt, begab sich an den See und nahm ein längeres erfrischendes Bad. Kein Pfeifen und Rufen des Herrn konnte sie den Fluten entlocken.

So begaben sich die beiden Männer, Vater und Uli, auf die Suche nach den Notröhren, die laut Brehm vorhanden sein mußten. Es muß hier gestanden werden, daß zwischen den beiden Kriegsteilnehmern weder Einigkeit noch freundliche Stimmung herrschte. Der Vater hatte nämlich die vom Sohne verfertigten Knüppel mit unverkennbarem Hohne zurückgewiesen und hatte sich spöttisch erkundigt, ob es nicht vielleicht doch zweckmäßiger wäre, gleich Telegrafenmasten oder einen mittleren Eichenbaum mitzunehmen? Der Sohn war dabei geblieben, daß zu einem kräftigen Schlag auch ein kräftiger Knüppel gehöre. Wortlos hatte der Vater eine abgebrochene Bohnenstange, der Sohn aber trotzig den selbstgefertigten Knüppel ergriffen, und so waren sie, von Waffen starrend, aber wortlos in den Krieg gezogen.

Diese Mißstimmung konnte den kriegerischen Aktionen nicht zugute kommen. Mit Unlust wurde die Nachsuche nach den Notröhren durchgeführt, und so entgingen sie alle drei den Spähern, sowohl die zwischen Steinen und Kraut versteckte am Seeufer wie die im Holundergebüsch verborgene auf der Mitte des Hanges wie die im Reisig mündende oben an der Seekante.

»Ach, geben wir doch diesen Quatsch auf!« sprach der Vater und brach damit endlich das zwischen beiden seit einer halben Stunde herrschende Schweigen.

»Die Teddy ist eben zu gar nichts zu gebrauchen«, stimmte der Sohn zu.

»Da hast du wahrhaftig recht«, sagte der Vater fast freudig und erging sich nun auf dem ganzen Heimweg in bitteren Bemerkungen über diesen von den Frauen im Hause völlig verdorbenen Hund, der keinen Appell habe, kein Ehrgefühl, nicht ordentlich an der Leine gehe, nicht zum Wachhund tauge, sondern mit jedem Landstreicher sofort Freundschaft schließe, der immer noch trotz aller Ermahnungen und Schläge die Gänse jage und so weiter und so fort, bis sie wieder zu Hause waren.

Die Teddy lief vergnügt schwänzelnd nebenher, stolz ein Steinchen im Maule tragend. Da der Sohn dem Vater in allen Punkten zustimmte, war die Mißstimmung zwischen den beiden völlig behoben. Am Mißlingen der Expedition trug allein die Teddy schuld, und im übrigen war der Dachsbau wahrscheinlich gar kein

Dachs-, sondern ein Otterbau, das bewies schon das Fehlen der Notröhren. – Damit war dieser Teil der kriegerischen Unternehmungen für den Herbst und Winter endgültig abgeschlossen.

Blieb das Fallenstellen – als ein Mann von Grundsätzen und Ordnung führte der Vater sein Programm natürlich durch. Die Falle wurde von ihm aus dem Bodenversteck geholt und im Beisein von Uli und Mücke in einem Zaunloch aufgestellt. Die Anwesenheit von Zuschauern machte den Vater bei diesem ersten Aufstellen natürlich nervös. Das Tellereisen war zwar reichlich verdreckt und verrostet, aber es hatte noch sehr kräftige Federn, was der Vater beim Spannen erfuhr. Er machte mehrere Versuche, aber es wollte ihm gar nicht gelingen, das Eisen fängisch zu stellen. Die beiden halbkreisförmigen Stahlbügel mit ihren eisernen, rostigen Zähnen sahen sehr bösartig aus.

»Verdammter Mist!« fluchte der Vater halblaut und machte seinen fünften Versuch. Und er setzte bitter, auf die Gefahr, in der er ständig schwebte, hinweisend, hinzu: »Wer da mit seinen Knochen dazwischen gerät, hat auch nichts zu lachen!«

Der Sohn erkundigte sich: »Glaubst du, daß so ein Eisen den Fuß glatt abschlägt, Papa?«

»Kaum!« sagte der Vater und machte den sechsten Versuch. »Aber die Knochen sind hin, darauf kannst du Gift nehmen, Uli!«

Die Mücke dachte an ihren putzigen, friedlichen Fridolin, sie dachte, was so ein Fridolin wohl anfinge mit zerbrochenen Knochen, ohne alle Pflege ... Wenn man mit einem Stock auf den Teller der Falle stieße, würde sie zuklappen und kein Dachs in ihr gefangen werden, überlegte sie. Dann warf sie einen Blick auf das wütende Gesicht des Vaters und beschloß, von dieser Hilfsaktion erst einmal abzusehen.

»Ich hab mal gelesen«, fing Uli wieder an, »daß man so eine Falle nicht mit bloßen Händen anfassen soll, die Tiere wittern das.«

»Ich soll wohl für Mückes Fridolin auch noch Glacéhandschuhe anziehen?« fragte der Vater, aber nicht mehr böse, denn die Falle war jetzt endlich gespannt. »Nein, danke schön! Im übrigen stinkt das Ding so nach Rattendreck und Rost, daß der Dachs mein bißchen Anfassen bestimmt nicht riecht.«

Damit wurde die Falle in das Zaunloch geschoben und am Drahtzaun verankert. »So!« sprach der Vater. »Nun soll der Dachs nur kommen!« Er überlegte. »Leider muß ich das Dings jeden Morgen wieder wegholen und jeden Abend neu aufstellen, sonst läuft noch der Achim oder sonstwer rein. Wieder eine neue Beschäftigung für mich!«

Beim Abendessen wurde also allen feierlich eröffnet, daß von jetzt an die Nacht über eine Dachsfalle im Garten stünde: Sehe jeder, wo er bleibe. Im übrigen werde dem Burschen wohl in aller Kürze sein diebisches Handwerk gelegt sein – trotz aller Mücken!

Es traf sich nun aber so, daß der Bursche in den nächsten drei Tagen weder bei Tage noch in der Dunkelheit seinen Bau verließ. Nein, Fridolin war über die neuerliche Störung seiner Ruhe und die Beschädigung seiner Schlupfröhre so verstimmt, daß er Hunger Hunger sein ließ und den Bau überhaupt nicht mehr verließ. Er war völlig mit der Welt zerfallen. Wenn man ihm selbst in diesem abgelegenen Winkel keine Ruhe ließ, nein, so kam es ihm auch nicht darauf an, dann wollte er gerne verhungern, und die Welt mochte sehen, wie sie ohne ihn auskam! Eine hübsche Welt würde das sein, ganz ohne Dachs!

So kam es, daß sowohl die weichherzige Mücke wie der blutdürstige Vater bei ihren morgendlichen Kontrollgängen die Falle stets unberührt fanden. Auch waren neue Zaunlöcher nicht festzustellen, und der jetzt stark reifende Mais blieb unberührt.

»Aha!« erklärte der Vater triumphierend im Kreise seiner Familie. »Der Schurke hat gemerkt, daß wir ihm den Krieg erklärt haben, und verschont uns mit seinen Mausereien! Sein Glück – meine Falle würde sonst aus seinen Beinen Mus machen, und am Sonntag gäbe es bei uns Dachsbraten!«

Kluger Fridolin! dachte die Mücke bei sich. Das ist schön von dir, daß du aufpaßt und nicht in das olle eklige Dachseisen gehst! Wir können sehr gut ohne Dachsbraten auskommen!

Bei sich erwog sie einen neuerlichen Spaziergang

zum Bau, um den kleinen Freund wieder einmal in der Sonne braten zu sehen. Aber einerseits waren ihr die Spaziergänge zum Dachsbau wohl eigentlich vom Vater verboten, zum andern hatte sie jetzt im Herbst der Mutter so viel beim Einmachen zu helfen, daß sie wirklich keine Zeit zum Spazierengehen hatte. Sie hob sich das also erst einmal für später auf.

In der vierten Nacht wurde bei Fridolin der Hunger stärker als seine Verachtung der verkehrten Welt: Er nahm seine Freßgänge wieder auf. Er war aber noch viel vorsichtiger und ganz scheu geworden, er beschränkte seine Suche ganz auf den Baumwerder. Auch dort fand er genug, seinen Hunger zu stillen, wenn er sich freilich dabei auch viel mehr mit Suchen anstrengen mußte, und natürlich fand er dabei nie etwas so Delikates wie Süßwachs und junge Mohrrüben.

Später, als alles bei seinem Bau ruhig blieb und der alte Friede wieder eingekehrt schien, nahm er seine alten Wege zu Ditzens Gemüsegarten und in das Maisfeld wieder auf. Er ging aber nicht mehr regelmäßig dorthin, sondern höchstens jede dritte oder vierte Nacht. Die mit solcher Ausdauer für ihn aufgestellte Falle witterte er natürlich sofort, er schauderte bei ihrem infernalischen Gestank und grub sich schnell ein neues Loch unter den Zaun.

Natürlich merkte das der Vater Ditzen, und unermüdlich stellte er die Falle in die neu gegrabenen Löcher, während er die alten wieder schließen ließ. Er ging sogar so weit, die Falle mit Mais zu beködern. Mit derselben Geduld, mit der Fridolin sich neue Zugänge schaffte, stellte der Vater das Eisen neu. Er hätte es ja nun begreifen müssen, daß der Dachs das Eisen stets witterte und ihm weit auswich, aber der Vater Ditzen hoffte eben (wie so manchmal in seinem Leben) auf ein Wunder. Er meinte, der Dachs würde einmal eine unvorsichtige Stunde haben. Oder er würde sich mit der Zeit an Aussehen und Geruch der Falle gewöhnen …

Es geschah aber nichts dergleichen, sondern beide fuhren mit der gleichen Hartnäckigkeit in ihrer Beschäftigung fort: der Dachs im Graben, der Vater im Fallenstellen. Das hatte den einzigen Vorteil, daß der Vater das Fallenstellen vorzüglich erlernte, es gelang ihm nun stets auf den ersten Anhieb.

Im übrigen brachte es der vorrückende Herbst mit sich, daß der Vater gleichgültiger über den Dachs und den von ihm angerichteten Schaden dachte. Der Garten entleerte sich rasch von den Gemüsen, und der Mais wurde auf dem Acker abgeerntet und zum Nachtrocknen auf die Scheune gehängt, wo er dem Dachse unerreichbar blieb. Schließlich kam der Tag, da der Garten dem Geflügel als Auslauf freigegeben wurde. Nun blieben auch alle Hoftore offen: Es wuchs draußen nichts mehr, an dem Schaden gestiftet werden konnte.

Der Vater nahm das Tellereisen und brachte es wieder auf den Boden. »Im nächsten Jahre machen wir es anders und besser«, sagte er, als er die Falle in den Winkel legte. Der erste Feldzug gegen Fridolin war vorüber. –

Der Dachs hatte einen schweren Herbst. Auf den dürren Sandäckern fand er nur dürftige Nahrung, die fette Bucheckernmast des Hullerbusches fehlte ihm sehr. Er mußte lange in jeder Nacht suchen, bis er nur seinen Hunger gestillt hatte – zum Speck auf den Rippen und zum Mästen eines fetten Bäuchleins reichte es nie. In seiner Vorratskammer sah es leer aus, nur wenige Rüben hatte er heimtragen können; plötzlich waren alle Gärten und Felder abgeerntet, es gab nichts auf Vorrat zu holen.

Dann brausten die nassen Herbststürme über die kahlen Äcker, Regen fiel, Schnee fiel – der See lärmte mit unwilligem Geräusch gegen seine Ufer, das dürr gewordene Schilf raschelte. Es ging eilig auf den Winter zu …

Das wird ein Winter werden! dachte Fridolin oft. Ich ahne es nicht, wie ich durch ihn kommen soll! So mager bin ich sonst kaum im Frühling gewesen. Wovon soll ich denn während meines Winterschlafes zehren? Kein Auge werde ich in diesem Winter zutun! Ach, wäre ich doch nur im Hullerbusch geblieben –!

Zum ersten Male wieder sehnte er sich in den heimatlichen Wald zurück. Hätte er nur den Weg gewußt, er hätte ihn sofort unter seine Füße genommen. Aber er scheute das Dorf, er haßte die Zweibeine und ihre Hunde mehr denn je. Er haßte diese verkehrte Welt. Ach, wenn er sie eingerichtet hätte – das wäre ein Leben für einen rechtschaffenen Dachs geworden –! Aber so – immer nur Hunger und Kummer –!

Dabei gelang dem Fridolin noch kurz vor Einbruch der strengen Winterkälte ein wahrer Glücksfund: Er entdeckte bei Ditzens am Zaun hinter dem Komposthaufen eine Mohrrübenmiete. Er brach in sie ein, er fraß sich in ihr satt, er trug heim, soviel er nur konnte. Es war etwas einförmige Kost, vor allem ganz fett- und fleischfrei, aber dies war keine Zeit, wählerisch zu sein.

Der Frost kam früh in diesem Jahre, schon mitten im Dezember, und er hielt lange an. Schon frühe legte sich Fridolin zum Dauerschlafe nieder, aber er hatte es richtig vorausgesehen: Er schlief schlecht. Jeden zweiten, dritten Tag wurde er wach; dann plagte ihn der Hunger in seinem zusehends dünner werdenden Bauche, und er ging in die Vorratskammer und fraß Möhren, mehr, als er durfte. Er würde mit seinen Rüben nicht bis über die Hälfte des Winters reichen – und was dann? Eine schlimme Welt, eine grundverkehrte!

Manchmal steckte er auch seine Nase rasch aus dem Bau, aber er zog sie immer gleich wieder, vor Frost zitternd, zurück. Was war da draußen auch zu sehen –? Tief verschneites Land; und keine Wellen liefen mehr auf den Strand des Sees, der in festem Eis lag. Einfach abscheulich, einfach trostlos, jedenfalls nichts für einen redlichen, anständigen Dachs. Nicht einmal Wasser gab es mehr zu saufen – mit Schneelecken mußte er notdürftig seinen Durst stillen.

Und doch brachte dieser von Eis bedeckte See dem Fridolin Gäste, die, so abscheulich sie auch waren, ihm doch das Leben retten sollten, denn sonst wäre er in diesem schweren Winter ohne Rettung verhungert. Fridolin lag wieder einmal in seinem vor Hunger dünn werdenden Schlaf, als ihn ein Geräusch aufstörte – ein Geräusch in seinem innersten Heiligtum, am Eingang seiner Wohnhöhle.

Der Dachs fuhr auf und starrte in zwei Paar grüne, böse leuchtende Augen, die ihn frech anstarrten. Zugleich machte sich ein widerlicher, Fridolin nur zu gut bekannter Gestank bemerkbar. Füchse waren in seinen Bau eingedrungen, diese widerlichsten Tiere, die es auf der ganzen Welt gab, hatten seinen Schlaf benutzt, bis an die Tür seiner Wohnhöhle vorzudringen! Und diesmal war es nicht ein jämmerliches, halb verhungertes, unerfahrenes Füchslein, wie es der Isolein gewesen, sondern es waren zwei stattliche, völlig ausgewachsene Füchse, ein Fuchs mit seiner Füchsin, Isoleus und Isolina, die bei ihm eingedrungen waren!

Diese beiden Füchse kamen von weit her, nämlich aus dem Uckermärkischen, wo sie vor Jägern und Hunden zu Beginn des Winters aus dem heimischen Bau geflohen waren. Schon seit Tagen waren sie wohnungslos durch die Felder und Wälder gestrichen, überall stehlend und räubernd, in Kaninchenlöchern und Tannendickungen Unterschlupf suchend und am nächsten Tage weiterziehend, stets auf der Suche nach einer neuen günstigen Wohnung und einem reichen Jagdgebiet.

Über das Eis des Carwitzer Sees waren sie aus der Uckermark in das Mecklenburgische Land eingewandert, und herumstöbernd waren sie auf den einsamen Baumwerder geraten. Als sie hier noch den trefflich angelegten Dachsbau entdeckten, glaubten Isoleus und Isolina am Ziele ihrer Wanderung zu sein. Mit dem Dachs würden sie leicht fertig werden, sie wollten ihn nicht gradezu ermorden; aber ein im Winterschlaf befangener Dachs ist kein gefährlicher Gegner. Sie würden ihn immer mehr in die Ecke drängen, sie würden ihn mit ihrem Geruch ärgern – schließlich würde er doch vor ihnen weichen, er würde seine Wohnhöhle aufgeben. Was dann mit dem Dachs draußen in der Winterkälte wurde, das kümmerte die beiden wenig. Die Hauptsache war, daß *sie* eine gute Winterhöhle hatten, und Fridolins Bau gefiel ihnen, wie schon gesagt, vortrefflich.

So war der Plan von Isoleus und Isolina gewesen. Aber sie hatten nicht damit gerechnet, daß Fridolin keinen regelrechten Winterschlaf abhielt, sondern daß er durch Hunger und Schlaflosigkeit im höchsten Grade gereizt war. Außerdem hatte er noch etwa einen halben Zentner Mohrrüben zu bewachen – er glaubte natürlich, die Füchse wollten ihm den fortnehmen; daß die Füchse keine Rübenfresser sind, das wußte er nicht.

So kam es, daß Fridolin, kaum hatte er die beiden Eindringlinge entdeckt, mit wütendem Fauchen nach der Nase von Isolina schnappte. Die Füchsin zog sie grade noch rechtzeitig zurück, nur eine leichte, wenig blutende Schramme blieb als Mal dieses mutigen Angriffs zurück.

»Nur Ruhe! Bloß keine Überstürzung, Isolina!« sprach der Fuchs auf füchsisch zu seiner Frau. »Dieser kleine Dummkopf wird rasch genug wieder in seinen Schlaf verfallen. Dann schieben wir ihn dahinten in das Loch, das seine Vorratskammer zu sein scheint, und er mag sehen, wie er dort zurechtkommt.«

»Du hast vollkommen recht, Isoleus«, stimmte ihm seine Frau zu, die sich bis dahin eifrig die Nase geleckt hatte. »Ich bin auch stets dafür, jedem Streit aus dem Wege zu gehen. Vorläufig genügt nach den schweren Tagen, die hinter uns liegen, diese Röhre vollständig meinen Ansprüchen. Sie ist angenehm warm und ganz zugfrei. Ich schlage dir vor, Isoleus, wir schlafen uns erst einmal gründlich aus; hier wird uns niemand stören. Unterdes wird der kleine Nasenschnapper auch wieder eingeschlafen sein, und wir werden mit ihm tun, wie du gesagt hast. Angenehme Ruhe, Isoleus!«

»Dir gleichfalls, Isolina«, antwortete der Fuchs, und damit schliefen die beiden, die wirklich sehr ermattet waren, auch schon ein.

Der Dachs Fridolin hatte jedes Wort vernommen, da er aber Füchsisch nicht konnte, hatte ihm das wenig geholfen. Aber aus ihrem Einschlafen schloß er ganz richtig, daß sie gewillt waren, erst einmal hier zu bleiben, und das verschlimmerte seine an sich schon gereizte Stimmung beträchtlich. Der Geruch, den diese beiden abscheulichen Tiere ausströmten, machte ihn fast ohnmächtig, aber seine Höhle war gut ventiliert, und so war er entschlossen auszuhalten. Nicht noch einmal wollte er füchsischer Unverschämtheit weichen.

Wo sollte er jetzt auch hin, im tiefen Winter, ohne Nahrung und Obdach? Er hatte ja manchen Blick auf die verschneite und vereiste Welt draußen geworfen – wenn er hier nicht aushalten *wollte*, so *mußte* er es schon tun, falls er nicht sterben wollte. Und an Sterben dachte Fridolin nicht, jeder Dachs glaubt, daß er unsterblich ist und daß die Welt mit seinem Tode aufhören würde zu sein.

Nachdem sich Fridolin davon überzeugt hatte, daß die Füchse wirklich fest eingeschlafen waren, schlich er sich in seine Vorratskammer und fraß eilig und leise ein paar Möhren, um wenigstens erst einmal seinen grimmigsten Hunger zu beschwichtigen. Dann nahm er wieder seinen Wachposten am Eingang zur Wohnhöhle auf. Die eben eingenommene Nahrung machte es, daß ihm sofort die Augen zufielen, aber er schlief nur leicht, schon der widerliche Gestank hätte ihn am festen Schlaf gehindert.

Er wurde von einem Flüstern wach. Er lag da, ein kleiner Ballen aus Fleisch, Knochen und Haar, aber voller Entschlossenheit, sein Heim um jeden Preis zu verteidigen, lieber sein Leben als seine Wohnhöhle zu lassen.

Die Füchsin flüsterte zum Fuchs: »Ich sehe ihn. Er liegt zusammengerollt auf der Seite und schläft. Schleiche dich leise an ihn heran, Isoleus, und schiebe ihn mit der Vorderpfote in die Vorratskammer.«

Der Fuchs tat, wie ihm seine Gattin geraten hatte, aber ein grimmiger Biß in seine Pfote belehrte ihn, daß der Feind auf seinem Posten war, und aufheulend zog er sich wieder zurück. »Was du auch alles redest!« sagte er ärgerlich zu seiner Frau. »Er schläft gar nicht, der Lump! Er hat mich schön in die Pfote gebissen! Der hat Zähne, auf die kann auch ein Fuchs sich was einbilden, der elende Froschfresser, der! Lecke mir die Pfote ein wenig, Isolina!«

Der Dachs lag immer weiter auf der Lauer, für jeden neuen Angriff gerüstet, aber er hörte nichts als das Lecken der Zunge. Ein wenig später sprachen die Füchse miteinander, und kurz darauf zogen sie sich ganz zurück. Fridolin hörte sie die Röhre hinaufschleichen; er wartete nur kurze Zeit, dann fuhr er ihnen nach und spähte aus dem Schlupfloch.

Ein eisiger Wind fegte über das ausgefrorene Land, er machte den Dachs zittern und trieb ihm die Tränen in die Augen. Er sah aber noch die beiden Füchse, wie sie an der Schilfkante entlang auf das Dorf zuschnürten.

Denen habe ich es aber besorgt! dachte er und kehrte zufrieden in seinen Bau zurück. Notdürftig reinigte er die beschmutzte Röhre, dann fraß er sich in seiner Vorratskammer gründlich satt und legte sich zum festen Schlaf nieder. Er war davon überzeugt, die Füchse für immer ausgetrieben zu haben. Doch hinderte ihn der nie in ihm schlafende Argwohn, sich wie gewohnt an der Rückseite seiner Wohnhöhle niederzulegen. Direkt an den Ausgang packte er sich, die Schnauze gegen die Schlupfröhre gerichtet, obwohl ihm hier ein kühler Luftzug um die Nase wehte. Fridolin nieste ein paarmal, gähnte, und schon war er fest eingeschlafen. –

Isoleus und Isolina strebten unterdes eilig dem Dorfe zu. Füchse sind gewaltige Futterverbraucher, und sie hungern nur sehr ungern. Als der Fuchs den Dachs »Froschfresser« geschimpft hatte, hatte er eigentlich die eigene Familie mit beschimpft, denn auch die Füchse fressen gerne Frösche und Mäuslein. Aber über solche Nahrung, die übrigens auch im Winter gar nicht oder nur schwer zu haben war, dünkten diese beiden roten Räuber sich weit erhaben. In den Tagen, die sie nun heimatlos durch das Land streiften, waren sie rechte Diebe und Mörder geworden. Schon in so manchen Geflügelstall waren sie eingebrochen, und den Unterschied im Geschmack zwischen einer Gans, einer Ente und einem Huhn kannten sie genau.

Sie meinten, es müsse mit solcher Fleischkost immer weitergehen, und so waren sie auch jetzt entschlossen, ihren sehr kräftigen Hunger aus den Geflügelbeständen des Dorfes Carwitz zu stillen.

Im allgemeinen hielt bei solchen Diebesgängen der Mann Isoleus die Spitze, und seine Gemahlin Isolina blieb mehr zurück. Obwohl die beiden nämlich eine gute Ehe miteinander führten, konnte Isolina doch nie ganz den listigen, ja heimtückischen Fuchsencharakter verleugnen: Sie meinte, ihr bei weitem nicht so kluger Mann solle ruhig immer vorangehen und damit die größere Gefahr tragen.

Heute aber lief Isolina ihrem Manne immer drei oder vier Gänge voraus, und oft drehte sie sich nach ihm um, ihn mit kurzem Bellen zu rascherem Laufe auffordernd. Dann bellte Isoleus mißmutig zurück: Der Dachsbiß in der Pfote machte ihm viel Beschwerden, und das längste Stück des Weges mußte er auf drei Beinen zurücklegen. In der Nähe des Dorfes angekommen, schlug Isolina leise ihrem Manne vor, heute einmal getrennt zu jagen. Sie sah nämlich voraus, daß ihr Mann, behindert, wie er durch den Biß war, keine große Hilfe bei der Jagd sein würde, und wollte sich lieber allein ihren Braten sichern.

Sie fing ihn auch ganz mühelos: An der Seekante bei Ditzens Haus suchten sich die Hühner weit verstreut ein wenig Futter in dem ausgewaschenen Grün unter den blattlosen Haselbüschen. Hinter dem Mäuerchen zu Schönfelds Garten verborgen, sah Isolina eine Weile dem Gescharre und Geputte zu. Dann fuhr sie rasch dazwischen, und schon hatte sie die Fetteste von der Gesellschaft in den Fängen. Ein rascher Biß brachte die aufgeregt Spektakelnde zum Schweigen, und schon strebte Isolina wieder dem Dachsenbau zu.

Indessen hatte der dreibeinige Fuchs ein noch größeres Glück entwickelt. Auf der andern Seite des Sees am Rohr entlang schleichend, sah er einige Enten, die sich in einem für das Wasserholen in das See-Eis geschlagenen Loche tummelten. Er wartete geduldig, bis die Enten wieder schwerfällig auf die Eiskante geklettert waren, dann fuhr er zwischen sie, und einen Augenblick später war auch er schon wieder auf dem Heimwege, einen fetten Erpel im Fang. Der Weg war zwar etwas mühselig auf drei Beinen, mit der schweren Last im Maule, aber dieser Braten lohnte jede Mühe.

Im Dorfe aber war von beiden Diebstählen nichts gemerkt worden, obwohl Kinder genug draußen spielten. Ihr Diebesfach verstanden die beiden Räuber ausgezeichnet, das mußte man ihnen schon lassen.

Während Isoleus sich noch mit seiner Beute heimwärts abschleppte, war die viel beweglichere Füchsin bereits wieder vor dem Dachsenbau angelangt. Sie legte die Henne vor dem Einschlupf nieder und lauschte behutsam in die Röhre. Ihre scharfen Ohren hörten aus der Tiefe ein leise brummendes Geräusch: den Schlafatem Fridolins. Leise auf allen vieren schleichend, näherte sich die Füchsin dem Dachs; jetzt war sie ihm so nahe, daß sie ihn mit der Schnauze berühren konnte, und nun hielt sie inne, um noch einmal die Lage zu überprüfen. Nach dem gemeinen Biß in ihre Nase und in ihres Gatten Bein war sie fest entschlossen, diesen kleinen, frechen Dachs nicht mehr zu schonen, sondern mit einem Biß zu erledigen.

Isolina war aber auch vorsichtig genug, sich zu sagen, daß dieser Biß sofort erbarmungslos sitzen mußte. Zu irgendeinem Gegenbiß durfte der Dachs keine Zeit mehr haben. Sie hatte ja an ihres Mannes Pfote gesehen, wie scharf ein Dachs zubeißen kann, und sie hatte nicht die geringste Lust auf ähnliche Wunden. Darum stand sie jetzt bewegungslos nahe beim Dachs und überprüfte die Lage.

Für menschliche Augen wäre es in einer solchen Wohnhöhle fast zwei Meter unter der Erde stockfinster gewesen, aber für die leuchtenden Augen der Füchsin – und auch für Dachsaugen – herrschte eine angenehme Dämmerung, die in der Nähe noch einiges erkennen ließ. So machte Isolina aus, daß der Dachs auf dem Bauche lag und mit dem Kopf zwischen den Vorderpfoten fest schlief. Er hatte den Kopf fatalerweise so in das Eingangsloch geschoben, daß die Füchsin mit ihrem Gebiß nur ihn und im besten Falle den Nacken erreichen konnte. Das waren keine guten Ziele, viel lieber wäre ihr die Kehle gewesen, da hätte sie mit einem Biß den Gegner erledigt. An Kopf und

Nacken konnte sie ihm wohl schwere Wunden beibringen, aber es würde einen schweren Kampf geben, den sie eben vermeiden wollte.

Überlegend stand Isolina da, dann kam sie auf eine Kriegslist, die einer Füchsin so recht würdig war. Sie drehte sich ein wenig um und kitzelte den Dachs mit der äußersten Spitze ihrer buschigen Rute unter der Nase: einmal, zweimal, zum dritten Male. Dann wartete sie bewegungslos auf die Wirkung ihrer List.

Wirklich trat diese Wirkung fast sofort ein. Fridolin zog sich zusammen und nieste einmal, zweimal, zum dritten Male kräftig. In dem leichteren Schlafe, in den er durch dieses Niesen geraten war, empfand er die Kühle am Eingang der Wohnhöhle unangenehm. Er wälzte sich mehr in ihr Inneres zurück und kam dadurch auf die Seite zu liegen. Sofort sah die Füchsin ihre Gelegenheit: Die ungeschützte Kehle lag bloß, sie öffnete weit das Maul zum tödlichen Biß ...

In einer größeren Gefahr hatte Fridolin noch nie in seinem Leben geschwebt, sein Dasein schien nur noch nach Sekunden zu zählen ...

Da polterte es gewaltig in der Schlupfröhre, und eine tote Ente sauste herab und traf die Füchsin im Rücken. Sie machte einen erschrockenen Satz, der gut gezielte Biß ging fehl, die Zähne Isolinas trafen nur auf die Kinnbacken Fridolins. Dieser, vom Niesen schon schwächer schlafend, tat, ohne nachzudenken, einen Biß und faßte grade die Nase der Füchsin, die sie mit lautem Aufheulen eiligst zurückzog. Sofort fuhr der nun ganz erwachte Dachs ins Eingangsloch der Schlafhöhle und fauchte wütend nach der Feindin, die aber nicht mehr die geringste Lust hatte, den Kampf fortzusetzen.

Zum zweiten Male in vierundzwanzig Stunden war die Füchsin an der Nase verletzt worden, diesmal aber kräftig. Sich das reichlich fließende Blut ins Maul leckend, zog sie sich weiter in die Schlupfröhre zurück, die so unglücklich hinabgesauste Ente vor des Dachsen Schlafzimmer liegenlassend.

Man kann es sich vielleicht denken, mit welchem Zorn in der Brust Isolina den jetzt mit ihrer Henne im Maule herabkriechenden Gatten empfing. Der war natürlich aus allen Himmeln gefallen: Nie hatte er gedacht, daß sein kleiner Scherz solch eine Wirkung haben könnte. Nach Art vieler Ehemänner hatte er nämlich seine Frau mit der fetten Ente überraschen wollen, und diese Überraschung schien ihm am wirkungsvollsten, wenn er die Ente durch die steile Schlupfröhre hinabfeuerte.

»Aber, Isolina«, sagte er, ganz beleidigt durch ihre wütenden Vorwürfe. »Wie konnte ich auch denken, daß du grade wieder mit dem Dachs anbinden wolltest, eigentlich wollten wir ihm doch nichts tun. So etwas muß einem doch vorher gesagt werden!«

»Du bist und bleibst ein ausgemachter Trottel!« antwortete Isolina wütend. »O Gott, meine Nase – wenn es nur nicht grade meine Nase wäre! Nie wieder werde ich richtig riechen können! Was für Schmerzen ich habe! Wie das sticht und beißt!«

»Ich habe mich wegen meiner Pfote lange nicht so angestellt wie du dich mit deiner Nase!« sagte Isoleus, der durch die Bezeichnung »Trottel« tief beleidigt war.

»Eine Nase ist keine Pfote, und eine Pfote ist keine Nase«, antwortete Isolina, und so ging der Streit zwischen den beiden Eheleuten noch stundenlang weiter. Nachdem er sich aber endlich beruhigt hatte, erteilte Isolina ihrem Manne in strengem Tone den Befehl, die Ente zurückzuholen. Vorsichtig kroch der Fuchs an sie heran, aber ein zorniges Fauchen des Dachses bewies ihm, daß der Hauswirt noch nicht wieder eingeschlafen und immer noch böse mit seinen Zwangsmietern war. »Er will mich nicht an die Ente heranlassen, Isolina!« rief er seiner Frau zu.

»Schnappe sie dir doch schnell, oder bist du zu feige dafür?« rief die Füchsin zurück.

Gehorsam schnappte der Fuchs zu, zog sich aber wieder sofort zurück, denn das Gebiß des Dachses war drohend ganz nahe vor ihm erschienen, und der Dachs war im Vorteil, weil er am ganzen Leibe geschützt in der Höhle steckte. Fridolin lag nicht das geringste an der Ente, noch nie war der Gedanke an einen solchen Braten in seinem Kopfe aufgetaucht. Er wäre auch viel zu ungeschickt gewesen, sich solch einen Vogel zu fangen. Aber er wollte nun einmal die Füchse nicht wieder in die Nähe seiner Wohnhöhle lassen; Hunger und

Zorn hatten aus dem friedfertigen Fridolin einen wahren Kampfteufel gemacht.

Wieder gab es einen neuen Streit zwischen den Eheleuten, aber der änderte nichts daran, daß ihnen die Ente unerreichbar blieb. So mußten sie sich mit der Henne begnügen, von der die Füchsin als Fängerin und noch dazu als Schwerkranke den Hauptanteil beanspruchte. Beide wurden sie nicht satt, aber für heute war es zu spät, noch einmal ins Dorf zu gehen. Schon war es draußen dunkel geworden, und alles Geflügel schlief in seinen Ställen. Sie mußten sich hungrig schlafen legen, und das taten sie auch. Fridolin schlief auch ein, aber wieder nur sachte.

Am nächsten Tage machten sich die Füchse schon zeitig auf einen neuen Raubzug, und Fridolin blieb das Amt, die Schlupfröhren von den Unsauberkeiten der Gäste zu reinigen. Auch die Hühnerknochen trug er aus dem Bau. Füchse nun sind liederliche Tiere, auch wenn sie viel Hunger haben, sie schlingen doch nur. So kam es, daß im Gange außer Knochen Fleischfetzen herumlagen. Fridolin, der diese Abfälle im Maule aus dem Bau trug, spürte den Geschmack des Fleisches auf der Zunge, und er dünkte ihm nicht unangenehm, sondern wie Mäusefleisch, nur gröber. Er schmeckte, und schließlich fraß er, was er fand – zu lange war er der Fleischnahrung entwöhnt gewesen.

Zum Schluß blieb nur noch, die Ente aus dem Bau zu schaffen. Fridolins Schnauze kam mit der Bißwunde in Berührung, die Fleischfetzen vom Huhn waren nur kärgliche, ihm noch mehr Hunger bereitende Happen gewesen: Fridolin machte sich an das Vertilgen der Ente. Die Federn bereiteten dem ungewohnten Fresser viel Beschwerden, aber ganz gleich: Er drang, wenn auch mühevoll, bis zum Fleisch vor und stillte seinen Hunger. Noch hatte er nicht die Hälfte der Ente vertilgt, so war er satt. Er legte sich in seine Höhle, die Schnauze im Eingang, und schlief ein.

Fridolin brauchte keine Angst mehr vor den Füchsen zu haben. Sie hatten jede Absicht auf ihn aufgegeben, sie hatten an ihren Wunden genug zu leiden und wurden durch sie auch erheblich in ihrer Jagd gestört. So begnügten sich Isoleus und Isolina mit der Einschlupfröhre, dem Dachs verblieb die Wohnhöhle. Regelmäßig, wenn seine bösen Mieter auf der Jagd waren, reinigte er die Röhre und nährte sich dabei von den Resten, die von den Füchsen an den Knochen gelassen wurden. Da die Jagd für die Räuber meist günstig ausfiel, kam Fridolin dabei gut auf seine Kosten, wenn er auch nie wieder das Glück hatte, eine ganze Ente zu bekommen.

Viel Beschwer freilich mußte der Dachs durch die Füchse erleiden. Er mußte sich an ihren Gestank gewöhnen, ihren Unrat beseitigen, auf den Winterschlaf verzichten. Er wurde darüber immer griesgrämiger und böser, aber doch waren es diese bösen Füchse, die ihm das Leben retteten, ohne sie wäre Fridolin verhungert.

Unterdes kam das Land allmählich immer mehr in

Aufruhr. Nicht nur in Carwitz, nein, auch in Conow, in Thomsdorf, auf dem Hullerbusch, beim Gute Rosenhof, ja sogar in Fürstenhagen und Biesterfelde verminderte sich ständig das Geflügel. Hier fehlten Legehennen, dort die beste Zuchtgans, Puten verschwanden spurlos, Enten wurden vom Erdboden ausgetilgt, ja sogar in Karnickelställen wurde frecher Raub verübt.

Bald war die Art der Räuber bekannt. Kinder hatten sie gesehen, Eisfischer, Waldarbeiter. Als ein großer Fuchs, der meist nur auf drei Beinen lief, und als eine Füchsin mit merkwürdig geschwollener Schnauze wurden sie beschrieben. Hilferufe wurden an den Jagdaufseher Friesicke gesandt, der meist in Berlin lebte. Er kam mit einem Schießgewehr und einem Jagdhund.

Zuerst mußte Isoleus daran glauben. Der Hund faßte den viel zu Langsamen und würgte ihn ab, ehe noch der Jäger hatte einen Schuß abgeben können. Die listige Isolina wurde bei der Heimkehr, eine fette Gans schleppend, erschossen; sie hatte ihren Gatten nur um zehn Tage überlebt. –

Als die Füchse über eine Woche lang nicht mehr im Dachsenbau eingekehrt waren, legte sich Fridolin nieder zu einem verspäteten Winterschlaf. Schon wehten draußen die weicheren Winde des Februar, in der Vorratskammer lagen Möhren noch genug, um den Dachs bis zum wärmeren Wetter zu erhalten. Er haßte die Füchse mehr denn je, und doch waren sie es, deren Raub sein Leben erhalten hatte.

Achtes Kapitel

Zweiter Feldzug gegen den Dachs mit den Bundesgenossen Mücke und Friesicke und vielen, vielen Schüssen – doch wieder erfolglos

Im Anschluß an die Erlegung der beiden Füchse Isoleus und Isolina verbreitete sich im Dorfe rasch die Kunde, der Jagdaufseher habe den verlassenen Otterbau am Südhang des Baumwerders als ihre Räuberhöhle festgestellt. Jede Spur führe dorthin, und um den Bau herum liege alles voll Hühnerknochen. Daraufhin machten manche über das Eis oder durch den Schnee einen Spaziergang zum Baumwerder.

»Aha!« sprach der Vater Ditzen, hob von der Knochenstätte den Brustbeinknochen einer Gans auf und steckte den »Springer« als Spielzeug für Achim in die Tasche. »Aha, da werden es die Füchse deinem Freunde, dem Dachs Fridolin, schon besorgt haben, Mücke!«

Die Mücke nickte betrübt, aber nur wenig betrübt. Jener Augusttag, da sie den putzigen kleinen Kerl bei seinem Sonnenbade beobachtet hatte, lag ferne. Es war so viel seitdem geschehen, Fridolin war nur noch eine Erinnerung, kein Stück Leben mehr für sie.

Und in der nächsten Zeit geschah noch viel mehr: Das Ende des Februar brachte Tauwinde, das Eis auf dem See wurde grau und streifig, und die Mutter warnte davor, es zu betreten. Dann, eines Morgens, war es ganz verschwunden; man mußte sich wundern, wohin so viel Eis so schnell verschwunden war. Der Vater erzählte, es habe sich voll Wasser gesogen und sei auf den Grund gesunken.

Schritt für Schritt, immer schneller kam der Frühling, plötzlich war er da. Eben noch hatte man dem ersten Vogelsingen gelauscht, im Garten die frühen Krokus bewundert, und schon war alles grün; die Obstbäume hatten schon wieder ausgeblüht, und man trug den ersten Flieder ins Haus und stellte ihn in Vasen.

In dieser Zeit gab es schrecklich viel zu tun auf dem Acker wie im Garten wie im Geflügelstall. Die Gössel schlüpften, die Mutter säte den ersten Möhrensamen ins Freiland, und der Vater streute mit Matjä Stallmist auf den Acker. In diesem Jahre gab es noch weniger Hilfskräfte als im vorhergehenden und mehr Arbeit denn je. Jedes, das Arme hatte, mußte mit zufassen, und die Mücke, die jetzt nur noch über Sonntag oder in den Ferien zu Hause war, sonst aber in der Stadt dem Schulbesuch nachging, die Mücke schloß sich von dieser wilden Arbeiterei natürlich nicht aus.

Im Gegenteil, sie half mit Begeisterung, und diesmal nicht nur der Mutter, nein, sie half auch dem Vater und dem Matjä beim Maislegen. Er wurde wieder auf dem Seeacker gelegt, natürlich aber auf ein anderes Beet. Die Mücke war es, die beim Einschütten neuer Maiskörner in die Säschürze gedankenvoll sagte: »Hoffentlich kommt in diesem Jahre nicht wieder ein Fridolin in unsern Mais!«

»Rede bloß so was nicht, Mücke!« rief der Vater ganz erschrocken. »Es gibt doch gar keinen Dachs mehr. Die Füchse haben deinen Fridolin doch erledigt, du erinnerst dich doch?«

»Natürlich, Papa«, antwortete die Mücke, und dann wurde von dem Dachs nicht mehr gesprochen.

Der Vater aber war so erschrocken gewesen, weil der Mais ihm in diesem Jahre noch lieber war als in allen vorangegangenen. Nicht nur weil das Futter jetzt noch knapper war als je zuvor, sondern weil er diesmal den Maisacker mit eigenen Händen zurechtgemacht, weil er den Mais selbst mit gelegt hatte, weil ihm der Buckel von der ungewohnten Arbeit gründlich weh tat. Es ist nun einmal so, daß man das selbst mit Mühe und Plage Erworbene viel mehr schätzt als das Geschenkte, als das, was einem ohne eigenes Zutun zuwächst.

Der Vater lernte in den kommenden Wochen den Mais noch viel mehr lieben, denn er mußte ihn eigenhändig nicht weniger als viermal hacken: Das Unkraut wuchs in diesem Jahre wie toll. Sein Rücken wollte sich überhaupt nicht mehr über die Zumutungen, die an ihn gestellt wurden, beruhigen.

Dafür entwickelte sich der Mais aber wundervoll, es war, als wolle er mit seinem fehlerfreien, lückenlosen Wuchs alle Mühe vergelten, die an ihn gewendet worden war. Dem Vater lachte das Herz im Leibe, wenn er seinen Mais ansah; in diesem Jahre besuchte er ihn viel öfter, es gab Zeiten, da er ihm alltäglich einen Besuch abstattete.

Darum verdüsterte sich auch seine Miene gewaltig, als er erfuhr, daß der Dachs sich wieder gezeigt hatte. Die Hühner brachten es an den Tag: Wieder gab es Löcher unter dem Zaun, durch die das Geflügel in den Gemüsegarten schlüpfte. Der Vater sagte nicht viel zu dieser bösen Kunde, so erwartungsvoll ihn auch seine beiden Kinder Uli und Mücke von der Seite ansahen. Es gab diesmal keine feierliche Kriegserklärung, aber das Herz des Vaters war voll grimmer Entschlossenheit: Rühre du meinen Mais an! dachte er.

Der Gemüsegarten war dem Vater nicht so wichtig, im Gemüsegarten hatte die Mutter gearbeitet, für den Gemüsegarten hatte des Vaters Buckel nie geschmerzt. Aber der Vater Ditzen holte immerhin pflichtgetreu das alte rostige Tellereisen vom Boden und stellte es regelmäßig in den Zaunlöchern auf. Wenn er es dann morgens wieder wegholte, ging er zugleich sämtliche Zäune ab und legte Steine vor die Löcher, die er etwa vorfand. Da er das ganz früh tat, noch ehe das Geflügel aus den Ställen gelassen war, gab es in diesem Jahre keine erheblichen Hühnerjachtereien.

Hatte der Vater die Steine besorgt, so ging er auf den Acker zu seinem Mais. Er ging eine Seite des Feldes hinauf und die andere wieder hinunter, sein Auge war bei dieser Besichtigung sowohl aufmerksam wie sorgenvoll. Aber zum Schluß der Besichtigung war es dann wieder hell: Der Dachs hatte dem Mais keinen Besuch abgestattet. In ungestörter Herrlichkeit wuchs er weiter, wurde immer höher und kräftiger, setzte schon Blüten an, die männlichen, rispenförmigen mit dem Staub oben, die weiblichen, kolbenartigen mit den langen grünen Seidenfäden unten am Stiel.

Ja, es war seltsam, es war, als habe der Dachs etwas von des Vaters grimmer Entschlossenheit erfahren: In diesem Jahre kam er viel seltener in den Garten, der Schaden, den er dort anrichtete, war gering, kaum merkbar. Ab und an fand man ein paar angefressene, abgestreifte Erdbeeren; weder bei den Mohrrüben noch bei den Erbsen war Schaden feststellbar, und der Mais blieb, wie gesagt, ganz verschont. »Es wird ein anderer Dachs sein«, sagte der Vater zu sich. »Ein junger, der noch nicht solch ein Frechdachs ist …«

Das Gegenteil war richtig! Es war der alte Dachs, aber er war einen Winter älter geworden. Und was war das für ein Winter gewesen! Du lieber Himmel, nie wieder konnte Fridolin nach den schrecklichen Erlebnissen dieses Winters der alte werden! Er hatte ja schon bisher ein ganz klein wenig zur Griesgrämigkeit und Schwarzseherei geneigt, aber gegen das, was er jetzt war, war er bisher ein unbekümmerter, frischer Bursch gewesen. Seine Vorsicht war nicht mehr zu überbieten, sein Mißtrauen gegen alle Einrichtungen in dieser Welt war grenzenlos. Nur in den mondscheinlosen dunklen Nächten traute er sich aus seinem Bau, und nie ging er zweimal hintereinander denselben Weg, suchte er die gleiche Futterstelle auf. Bald hier, bald dort ging er auf Nahrungssuche, fest überzeugt, die ganze Welt lauere nur darauf, einem redlichen Dachs nachzustellen.

Die Mücke hätte jetzt oft auf den Baumwerder gehen müssen, ehe sie den Dachs auch nur einmal bei seinem Sonnenbade traf. Nur selten noch gönnte er sich dieses Vergnügen, und nie mehr schlief er dabei ein.

Aber trotz all seiner Vorsicht schlug eines Tages doch einmal die Stunde, da der Vater feststellte, der Dachs hatte sich auch in diesem Jahre an seinem Mais vergriffen. Grade so lange hatte er gewartet, bis aus den weiblichen Blüten Fruchtkolben geworden waren, noch ganz junge Kolben, an denen sich die Körner eben erst auszubilden anfingen – aber so grün und saftig schmeckten sie am delikatesten! Und diesem delikaten Geschmack hatte der Dachs Fridolin nun einmal nicht widerstehen können, die Versuchung war zu groß für ihn gewesen!

Freilich hatte er es mäßig gemacht; vielleicht hatte ihn etwas gestört, vielleicht war er schon satt gewesen, vielleicht nahte das Morgengrauen schon – jedenfalls konnte der Vater die abgebrochenen Stengel gut unter einem Arme tragen. Er sammelte alles säuberlich ein und trug es, grün und zart, wie es war, seinen Kaninchen als Zusatzfutter hin, die darüber recht erfreut waren.

Sie sollten in der nächsten Zeit diese Freude noch häufiger haben, immer öfter mußte der Vater seine Arme mit abgebrochenem Mais beladen, bald brauchte er beide Arme dazu. Bald war es so weit, daß es viel zuviel Futter für die Kaninchen war, er gab auch der Kuh davon. Und schließlich kam der Morgen, an dem er angesichts der Verwüstung hilflos mit den Achseln zuckte und kehrtmachte: Er konnte das nicht mehr mit den Armen bewältigen.

Matjä kam mit der Schiebkarre und schob später schnaufend eine hochgetürmte Last stallwärts. Der Dachs Fridolin war wieder, alle angeborene und erworbene Vorsicht vergessend, in einem Verwüstungstaumel, in den wilden Rausch des Nur-Kostens und Verschwendens geraten. Wenn das die drei Monate bis zur Reife des Maises so weiterging, würde nicht mehr viel von ihm übrigbleiben; schon jetzt sah das untere Drittel des Beetes, das dem Hofe am fernsten lag, arg gelichtet aus.

Zufällig war diese erste Feststellung einer großen Räuberei des Dachses auf einen Sonntagmorgen gefallen, die Mücke hatte die Karre voll Mais auf den Hof kommen sehen. Sie war dann auf den Acker gegangen und hatte sich das Maisfeld angeschaut. Vielleicht, weil Mücke die Körner zu diesem grünen Wachstum selbst mit gelegt hatte, vielleicht, weil sie verständiger geworden war und begriffen hatte, wie kostbar jedes bißchen Futter und wie unerträglich solche Verschwendung war – die Mücke jedenfalls hatte beim Frühstückstisch, als der Vater böse über diesen kleinen Schadenstifter sprach, kein gutes Wort mehr für Fridolin eingelegt. Diesen Bundesgenossen hatte der Dachs verloren.

Ja, mit der Mücke war eine Veränderung vor sich gegangen. Es hatte wohl das neue Stadtleben gemacht: Zwischen den hohen Häusern, auf den engen Steinstraßen zur Schule wandernd, hatte die Mücke den unwiderruflichen Entschluß gefaßt, in ihrem Leben nichts anderes zu werden als eine Bäuerin. Ein solcher fester Entschluß kann es wohl dahin bringen, daß man anders denkt, daß man die Dinge anders sieht als bisher. Vielleicht hatte die Mücke entdeckt, daß es nicht genug ist, als ein putziger kleiner Kerl in der Sonne zu liegen, daß man, nur weil man putzig ist, noch nicht das Recht hat, andern das Brot fortzunehmen.

Als die Mutter am Vormittag beim Abwaschen des Frühstücksgeschirrs darum zur Tochter sagte: »Du hast ja heute gar nicht für deinen Fridolin geredet«, antwortete die Mücke: »Es ist nicht mein Fridolin mehr, Mummi. Er treibt es wirklich zu toll – sieh dir nur einmal selbst unsern Maisacker an!«

Worauf die Mutter wiederum schwieg.

Unterdes hatte der Vater einen Brief an den Jagdaufseher Friesicke geschrieben, in dem er dringend gebeten hatte, dem Dachs energisch zu Leibe zu gehen, der von ihm verursachte Schaden sei ganz unerträglich …

Der Vater rief die Tochter und trug ihr auf, diesen Brief gleich zu Fräulein Köller zu tragen, bei der Friesicke stets wohnte, wenn er im Dorfe war. »Und erkundige dich auch, wann er kommt, Mücke! So geht es nicht weiter, es muß schnell etwas geschehen!«

Obwohl dies also, wie klar ersichtlich, ein Brief war, der sich gegen den kleinen putzigen Dachs richtete, trug ihn Mücke widerspruchslos aus dem Hause und brachte ganz vergnügt die Botschaft zurück, Herr Friesicke werde schon in den allernächsten Tagen erwartet ...

Wirklich war der Jagdaufseher mit seiner Tochter, die etwa ebenso alt wie die Mücke war, aber als angehende Jägerin schon eine kleine Flinte über der Schulter trug, schon am nächsten Morgen auf dem Ditzenschen Hof. Der Schaden im Maisfeld machte auf den Jäger nicht den erwarteten Eindruck – er hatte in seinem Leben wohl schon zu vielen Wildschaden gesehen. Aber er versprach doch, dem Dachs in den nächsten Tagen fleißig nachzustellen. Diesmal bleibe er, der Friesicke, eine ganze Woche in Carwitz; in dieser Zeit werde er den Dachs bestimmt erledigen.

Dem Vater wurde ganz leicht bei diesen Worten, er war so ein Mann, der glaubte, alles sei schon gut, wenn nur etwas geschah. Er hatte an die Steine unter dem Drahtzaun geglaubt und dann an sein Tellereisen, schließlich an die dachsmordenden Füchse – und nun glaubte er an den Jagdaufseher Friesicke. Er erkundigte sich, wie er denn dem Dachs zu Leibe gehen wolle – er wolle wohl mit der Büchse auf ihn ansitzen oder ihn ausgraben?

Nein, sagte der Herr Friesicke, das sei nicht seine Absicht. Sondern er wolle bei den Röhren seines Baues ein paar gute Eisen gegen ihn stellen, das sei bestimmt das sicherste.

Der Vater dachte an sein wohl hundertmal aufgestelltes und nie benutztes Tellereisen, schwieg aber davon. Sondern er nickte einverstanden mit dem Kopfe und erteilte der Mücke ohne weiteres die Erlaubnis, zum Aufstellen dieser Eisen am Dachsbau mitzugehen – wenn Herr Friesicke nichts dagegen hätte. Herr Friesicke hatte gar nichts dagegen, und so ging die Mücke mit.

Sie kam ganz aufgeregt von dieser Expedition wieder, jeder Gedanke an den armen kleinen Dachs, dem das Eisen die Knochen zerschlagen würde, war verschwunden. Sie berichtete, mit welcher Sorgfalt der Jäger die Eisen gestellt hatte, ohne sie auch nur ein einziges Mal mit der bloßen Hand anzufassen. Er hatte sie vorsichtig ganz in den Sand eingegraben – kein bißchen von den Eisen war mehr zu sehen gewesen.

Oh, wie hatte der Herr Friesicke gelacht, als ihm die Mücke erzählt hatte, wie der Vater die Falle so nackt und bloß auf den Erdboden gesetzt hatte, nachdem sie von ihm viele Male angefaßt worden war. (Der Vater verzog sein Gesicht ein bißchen säuerlich bei diesem

Teil des Berichtes, äußerte aber kein Wort.) In eine solche Falle würde nie ein Dachs gehen, hatte der Herr Friesicke gesagt.

Noch zwei weitere Röhren des Dachses hatte der Jagdaufseher mit seinem Hunde gefunden außer der großen Schlupfröhre, in alle drei waren so sorgfältig gestellte Eisen gesetzt worden. In den nächsten Tagen würde der Dachs sich in einem von diesen Eisen bestimmt fangen.

So berichtete die Mücke, und der so sicher zu erwartende Ausgang dieser Fallenstellerei stimmte alle zufrieden. Er machte es auch, daß der Vater den kleinen Stich über seine so falsch aufgestellte Falle sofort verwand. Mit einem Lächeln trug er sie wieder auf den Boden und warf sie dort in eine Ecke. »Da ruhe, bis du ganz auseinandergerostet bist!« rief er. »Bei Ditzens hat es sich ausgedachst!«

Die Mücke machte auch – natürlich mit Erlaubnis ihrer Eltern – die folgenden Kontrollgänge nach den Fallen mit. Sie berichtete, daß der Dachs – sie nannte ihn jetzt nie mehr Fridolin – genau bis an das Eisen gegangen, dann aber wieder umgekehrt und in seinen Bau zurückgekehrt sei. Man habe es genau an den Spuren im Sande gesehen. Herr Friesicke habe das Eisen wieder anders und noch viel besser eingegraben; diesmal werde sich der Dachs bestimmt fangen.

Mittlerweile gingen die Tage dahin, und als der Vater sich wieder einmal nach den Eisen und dem Dachs erkundigte, erfuhr er von seiner Tochter, daß der Jagdaufseher wieder abgereist sei und die Eisen fortgenommen habe, damit niemand in seiner Abwesenheit hineintrete. Das nächste Mal werde er den Dachs aber bestimmt fangen, es müsse ein mächtig schlaues altes Tier sein ...

Der Vater seufzte ein wenig, wieder einmal war eine seiner so sicher scheinenden Hoffnungen in nichts zergangen. Da aber seit der Fallenstellerei kein neuer Schaden auf dem Maisacker entstanden war, tröstete er sich mit dem Gedanken, daß der Dachs durch diese Fallen wohl vergrämt, das heißt aus seinem Bau geekelt sei.

Der Vater hatte eben keine Ahnung davon, wie sehr Fridolin an seiner Wohnung hing und daß er sie schon gegen zwei stinkende Füchse mit den Zähnen verteidigt hatte. Was bedeuteten dem Dachs da ein paar Eisen? Auf dieser verkehrten Welt hatte er schon ganz andern Kummer erlebt!

Aber der Vater war, wie gesagt, erst einmal beruhigt, und er blieb so lange beruhigt, bis die Maisräuberei wieder von neuem anfing. Und wie fing sie da an –! Es war ganz, als wolle der Dachs alles Versäumte auf einmal nachholen, als wolle er sich an seinen Feinden rächen, so wüstete er und praßte er! An manchem Morgen mußte Matjä nicht einmal, er mußte zweimal mit der Karre fahren, und die Kaninchen und die Kuh hatten eine gute Zeit.

Doch wo blieben die Aussichten für das gute Maiskörnerfutter im Herbst? Der Mais war nicht zum Grünverfüttern angebaut worden – Grünfutter gab es um diese Zeit genug auf dem Hofe –, seine schönen gelben Körner, die ein so gutes Legefutter abgaben, sollten über den Winter hinhelfen! Und das machte der Dachs mit seinem Wüsten nun zunichte!

Der Vater faßte einen großen Entschluß. Alle Hoffnungen waren ihm bisher zergangen, nun wollte er sich selbst helfen – Jagdgesetz hin und Jagdgesetz her! Es gab auch ein Gesetz aus Urzeiten her, daß Not Eisen bricht, daß der Mensch sich selbst helfen soll, wenn die Not am größten wird.

Der Vater besaß ein Terzerol, das ist so eine Art einschüssige Pistole mit langem Lauf, in den man eine Schrotpatrone schiebt. Mit diesem Terzerol bewaffnet, schlich sich der Vater eines Nachts auf den Acker hinaus. Er hatte sich alles gut überlegt: Es war eine mondlose Nacht, aber der Himmel war klar und voll ausgestirnt, und die Sterne gaben ein schwaches Licht. Der leise Wind wehte günstig, er wehte von dem Maisacker nach dem Hofe hin, so daß der Geruch des Anschleichenden dem Dachs nicht in die Nase gepustet werden konnte. Und auch die Zeit war günstig, es war nach Mitternacht, es ging auf die erste Stunde des neuen Tages zu – dies war nach Vater Brehm die Stunde, die von den Dachsen am liebsten für ihre Futtergänge gewählt wird.

Oh, der Vater war vorsichtig und bedachtsam, genauso vorsichtig und bedachtsam, wie seine Tochter Mücke gewesen war, als sie den Dachs Fridolin bei seinem Sonnenbade beschlichen hatte. Nur war beider Absicht bei diesem Anschleichen natürlich gründlich verschieden. Der Vater rechnete auch nicht damit, daß er gleich beim ersten Anschleichen den Dachs erlegen würde. Vielleicht kam der Dachs erst viel später, und er mußte stundenlang auf ihn warten – er wußte auch schon, wo er das tun würde: beim alten Pflaumenbaum am Mäuerchen. Oder aber der Dachs kam diese Nacht überhaupt nicht, dann mußte der Vater eben noch einmal gehen und wieder noch einmal und immer wieder, bis er ihn erlegt hatte. Er war entschlossen, nicht eher nachzugeben, bis dieses Ziel erreicht war; fest entschlossen war der Vater, diese Unordnung aus der Welt zu schaffen.

Fast noch unbekümmert ist der Vater bis zum Acker gegangen; nun steht der Mais in der tiefen Nacht wie eine hohe, dunkle Mauer vor ihm. Der Vater lauscht, es bleibt alles still; es ist so still in der Nacht, aber nun kommt ein leichter Windstoß, und die dunkle Mauer fängt an zu rauschen und zu rascheln, und der Vater kann den Dachs nicht mehr belauschen.

Er fängt an, die Kante des Maisfeldes hinunterzugehen; es läuft da ein Grasstreifen, in den junge Obstbäume gepflanzt sind, das dünkt dem Vater ein guter Weg zum Beschleichen. Solange der Wind den Mais noch rauschen und rascheln macht, hört er auch wirklich nichts von seinen Schritten; als der aber schweigt, merkt er erst, wie laut seine Schritte sind. Es hat lange nicht geregnet, das Gras knirscht und raschelt unter seinem Schuh, er versucht doch lieber den Ackerboden …

Vorläufig geht der Vater zwar leise, doch ohne besondere Vorsicht, er hat die Hälfte des Maisfeldes noch nicht abgeschritten, und bisher hat der Dachs nur im unteren Drittel gewüstet. Dann aber sieht er einen Obstbaum mit einer bestimmten Krone zu seiner Linken. Jetzt liegt gut die Hälfte des Beetes hinter ihm, von jetzt an heißt es ganz vorsichtig sein.

Erst einmal hält der Vater inne und lauscht wieder. Der Wind schweigt, es ist jetzt gut zum Horchen. Er lauscht – und auf einmal fängt sein Herz zu klopfen an: Er meint, in der Ferne ein Knacken und Brechen und dann ein Rascheln zu hören … Was ist es, das des Vaters Herz so klopfen macht –? Es ist doch nur ein kleines, gar nicht so seltenes Tier, das er beschleicht! Keine Jagdbeute, beileibe nicht, ein plumpes Tier, das fast im Schritt einzuholen und mit einem kräftigen Schlag auf die Nase zu töten ist. Also jedenfalls nichts, auf das man sich etwas einbilden kann, wenn man es erlegt hat!

Und doch klopft des Vaters Herz immer stärker, während er nun weiterschleicht, ganz sorgsam Fuß vor Fuß setzend, flach und fest auf den Boden, daß keine Krume darunter knirschen kann, das Terzerol mit gespanntem Hahn schußbereit in der Hand. Das Herz klopft so stark, daß der Vater manchmal nicht wagt, den Fuß zu heben. Eine lange Weile steht er bewegungslos auf einem Bein und lauscht wieder nach dem Arbeiten des Dachses hin.

Es ist nicht so, daß der Vater dieses Knirschen und Krachen jedesmal hört, wenn er lauscht. Zuerst glaubt er, der Dachs habe ihn doch gehört und sei weggeschlichen. Aber dann setzte das räuberische Gelärm immer wieder ein – es war wohl so, daß der vorsichtige Dachs seine Mahlzeit von Zeit zu Zeit unterbrach und nach Feinden lauschte, obwohl er noch nie im Mais gestört worden war. Sein Mißtrauen war eben stets wach.

Jetzt ist der Vater schon so nahe, daß er unterscheiden kann, wie der Dachs den Maiskolben knirschend zwischen seinen Zähnen zermahlt, und nun schlürft er schmatzend den Saft! Ach, der viele gute, zum Reifen bestimmte Mais, der da wieder zermalmt wird! Unwillkürlich will der Vater einen raschen Schritt tun, der Zorn beflügelt ihn, aber »Nur ruhig Blut!« spricht er zu sich und setzt den erhobenen Fuß besonders vorsichtig auf den Boden. »Nur langsam – diesmal will ich den Burschen richtig erwischen!«

Er ist ihm jetzt wirklich ganz nahe. Für die letzten dreißig Meter hat der Vater vielleicht eine halbe Stunde gebraucht, oder es sind auch nur zehn Minuten gewesen, so genau weiß es der Vater nicht. Die Sterne flimmern am Himmel, und der Wind, dessen Lärmen er jetzt so gut gebrauchen könnte, schweigt ganz. Der

Vater hebt den Fuß und wagt vor lauter Vorsicht nicht, ihn wieder niederzusetzen.

Vielleicht liegt da ein Steinchen, wo der Vater ihn niedersetzen wird, und das kleine Geräusch, das aus der Berührung von Stein und Schuhsohle entsteht, macht den Dachs scheu. Vorhin hat er schon einmal gestutzt.

Und richtig, als der Vater den Fuß niedersetzt, stutzt der Dachs wieder. Ein kaum hörbarer Ton war laut geworden, ein wenig trockene Ackerkrume zerfiel zu Staub, aber alles Geräusch vom Dachs verstummte. Lautlos verharren die beiden, der Vater atmet nur ganz sachte und vorsichtig, er lauscht, lauscht, und dabei versucht sein Auge, das Dunkel zu durchdringen. Er hat gemeint, wenigstens ein bißchen von dem Tier sehen zu können, den Schatten seines Körpers, das Leuchten seiner Augen, aber er sieht nichts, der Vater, gar nichts.

Jetzt wird ihm klar, daß er nur nach dem Geräusch wird schießen können, nach der Stelle hin, wo er das Geräusch zu hören meint. Aber jetzt ist auch dieses Geräusch verstummt!

Seine Hand, die das Terzerol hält, ist schweißnaß, mit Mühe nur kann er den Zeigefinger davon abhalten, sich um den Hahn zu krümmen. Nein, welch zornige Ungeduld erfüllt doch den Vater! Wäre er doch erst soweit, daß er schießen könnte! Wäre es doch erst vorüber! Lieber ein Fehlschuß als dieses entsetzlich geduldige Warten, dieses nervenpeinigende Anschleichen!

Da setzt das Malmen und Schmatzen wieder ein, der Dachs glaubt sich nicht bedroht, er hat sein Mahl wieder aufgenommen. Einen Augenblick frißt er, und nun bricht er eine neue Maisstaude um. Ihren knirschenden Fall hat der Vater geistesgegenwärtig benutzt und hat nicht nur einen, er hat zwei Schritte vorwärts getan! Er steht nun fast seitlich vom Dachs, sein Herz klopft so stark, daß er meint, das Tier müsse es hören! Aber der Dachs hat sich über einen neuen Kolben hergemacht …

Das Terzerol wird erhoben, der Finger krümmt sich um den Hahn – und streckt sich wieder. Vielleicht wäre es doch günstiger, noch einen einzigen Schritt weiter zu machen – oh, es ist so verdammt schwer, in der Dunkelheit den genauen Platz festzustellen, woher das Geräusch eigentlich kommt.

Wieder wird der Finger gekrümmt und noch einmal gelockert. Ob er den einen Schritt nicht doch noch lieber wagt? Nun ist er so lange geduldig gewesen, auf den einen Schritt kommt es auch nicht mehr an. Sicher ist sicher!

Der Vater hebt den Fuß, so langsam, so vorsichtig – noch viel langsamer, noch viel vorsichtiger setzt er ihn nieder. Als er ihn auf den Boden gestellt hat, ist jedes Geräusch vom Dachs her verstummt. Der Vater ist sicher, er hat nicht den kleinsten Lärm gemacht, und doch hat der Dachs mit Fressen aufgehört. Er lauscht atemlos …, lange …

Da hört er ein leises, brechendes, streifendes Geräusch, fünf Meter vor sich im Mais. Aha! der Dachs hat ihn gewittert, er schleicht sich davon …

Der Schuß fährt aus dem Terzerol, er donnert durch die Nacht, über das ganze schlafende Dorf hin, bis zu den Sternen scheint er emporzuschallen! Der Vater springt in den Mais, er wird den Dachs verfolgen, vielleicht hat er ihn angeschossen. Das Terzerol hält er verkehrt, beim Lauf, er wird dem Dachs mit dem Kolben eins auf die Nase geben!

Aber nun, grade in diesem Augenblick, kommt der Wind wieder! Überall rauscht und raschelt es im Mais. Der Vater lauscht hierhin, dorthin: Hundert Dachse scheinen durch den Mais zu laufen.

Der Vater geht, seine Zigarette im Munde, wieder nach Haus. Er sagt zu sich: »Es war natürlich Blödsinn, daß ich den einen Schritt noch machte – der Schuß vorher war mindestens ebenso sicher. Aber vielleicht habe ich ihn doch angeschossen, ich muß morgen früh gleich mal nachsehen. Jedenfalls habe ich dem Kerl einen solchen Schrecken eingejagt, daß er so leicht meinen Mais nicht wieder heimsuchen wird!«

Aber die Nachsuche am nächsten Morgen war erfolglos, und weitere nächtliche Pirschgänge blieben auch erfolglos. Nie wieder hatte der Vater das Glück der ersten Nacht, dem Dachs so nahe zu kommen. Manchmal noch hörte er ihn in der Ferne wirtschaften, aber nie wieder kam er ihm so nahe, daß er einen Schuß auf ihn hätte abgeben können. So feuerte der Vater bloß über das Maisfeld hin, wenn er den Dachs hörte, und tröstete sich damit, daß ihm hierdurch wenigstens Respekt eingejagt würde. Aber aller durch das Opfer von viel nächtlichem Schlaf erzeugte Respekt hielt den Dachs nicht von seinen Besuchen im Mais ab, und jeden zweiten oder dritten Tag mußte Matjä Grünfutter auf den Hof karren.

Und dann wurde der Vater auch noch krank; er ging von Carwitz fort in ein Krankenhaus und kam erst im Winter wieder heim: Der Krieg gegen Fridolin, den frechen Dachs, war auch in diesem Jahre wieder erfolglos verlaufen. –

Der Dachs Fridolin aber in seiner Höhle lebte das stille, friedliche Dachsenleben weiter. Er ging redlich seiner Nahrung nach und fiel niemandem zur Last. Dieses Jahr hatte ihm manchen schweren Kummer gebracht: die Füchse Isoleus und Isolina, die gemeinen Eisen vor seinen Röhren, das schreckliche Geknalle auf dem Acker der schönen Pflanze Süßwachs. Aber Fridolin hatte sich jetzt schon an den Gedanken gewöhnt, daß dies eine Welt voll Kummer ist, in der alles darauf hinzielt, einen bescheidenen Dachs zu schädigen und seine Ruhe zu stören. Natürlich hatte er deswegen nicht damit aufgehört, auf diese Welt zu schelten. Das tat er weiter Tag und Nacht, wenn er nicht grade schlief, und das war ja eigentlich seine Hauptbeschäftigung. Mürrisch und griesgrämig zu sein, das gehörte für einen Dachs nun einmal zum Leben, ohne das hätte es ihm nicht geschmeckt.

Aber das Gute hatte dieses kummervolle und aufregende Jahr doch mit sich gebracht, daß der Dachs Fridolin sich am Ditzenschen Mais ein so rundes Bäuchlein gemästet hatte wie selbst von der Hullerbuscher Bucheckernmast nicht. Und seine Vorratskammer war mit Ditzenschen Mohrrüben recht gut befüllt. So konnte Fridolin einigermaßen getrost dem Winter entgegensehen.

»Ach ja«, sagte der Fridolin manchmal zu sich, wenn er in den jetzt ganz ruhigen Spätherbsttagen die milde Sonne genoß. »Ach ja – es ist eine verkehrte Welt, und der Schöpfer aller Wesen hat auf mich Dachs überhaupt keine Rücksicht genommen. Alles stellt mir nach: Zweibein wie Vierbein. Aber ich entgehe ihnen doch immer, wenn ich auch nur winzig bin gegen solch einen Berg wie das schwarzweiße Riesenvierbein.« (Fridolin dachte an die Leitkuh Rosa.) »Ich bin nicht umzubringen. Das ist das einzig Gute an dieser verkehrten Welt, daß sie nie ohne mich, den Dachs, sein wird.«

Sprach's und bot die fette Trommel seines Bauches ächzend der Sonne dar.

Nachwort an Mücke

Liebe Mücke,

ich habe dir ein Buch vom Leben »unseres« Dachses versprochen, und hier hast du es nun. Du wirst mir zugeben müssen, daß dein Vater fleißig gewesen ist. Es war manchmal gar nicht so einfach, alle diese geheimen Dachsenerlebnisse in Erfahrung zu bringen.

Aber ich gebe zu, daß dieses Buch trotz seiner Größe nicht ganz befriedigen kann; dafür schweigt es sich über Weiterleben und Tod des Dachses Fridolin viel zu sehr aus. Aber was sollte ich tun, liebe Mücke? Ich durfte doch in einem solchen Buch, wo jedes Wort buchstäblich wahr und richtig ist, nicht schwindeln –?! Ich durfte nur die Wahrheit sagen und nichts als die Wahrheit!

Und die Wahrheit ist nun leider, daß unser Dachs noch immer lebt, es gibt noch nichts von seinem weiteren Ergehen und seinem Ableben zu berichten. So bleibt mir nichts übrig, Mückchen, als dich auf deinen kommenden Geburtstag oder das nächste Weihnachtsfest zu vertrösten. Vielleicht, daß wir dann diesem Buch einige weitere und das Schlußkapitel anheften können. Ich möchte es im Interesse unseres nächstjährigen Maises wünschen.

Dein Vater Hans Fallada

Hans Fallada
Geschichten aus der Murkelei
158 Seiten. Broschur
978-3-7466-5304-4
Auch als E-Book erhältlich

Märchen für kleine und große Kinder

Es waren die eigenen Kinder, zunächst Uli, dann Mücke und Achim, die die Geschichten des Vaters nicht nur hören, sondern auch lesen wollten. Hatte Fallada bisher Geschichten über Kinder geschrieben, so erzählte und schrieb er jetzt Geschichten für Kinder. »Immer, wenn eine neue fertig ist«, berichtete er am 28. Oktober 1933 dem Freund Kagelmacher, »wird sie Uli vorgelesen, und es ist ihm sehr gut anzumerken, wie sie wirkt, was haftet, was verfehlt, was langweilt …« Wie es sich für Märchen gehört, gibt es auch in diesen Geschichten die phantastischen Dinge, sprechende Tiere, Zauberer, Tarnkappen, Pechvögel, und hinter allen Turbulenzen eine handfeste Moral.

Hans Fallada
Damals bei uns daheim
Erlebtes, Erfahrenes und Erfundenes
369 Seiten
ISBN 978-3-7466-2789-2
Auch als E-Book erhältlich

Versunkene Gärten der Kinderzeit

Hans Fallada erzählt von seiner Kindheit und Jugend im Berlin des ausgehenden 19. Jahrhunderts: von kindlichen Freundschaften und Nöten, von den Fahrten in die Sommerfrische und von den Zwängen des Wilhelminischen Schulsystems. – Vergnügliche und bezaubernde Geschichten, in denen der Autor Erfahrenes und Erfundenes verwebt.

»Wenn ich im Kleinen sündige, so bin ich doch im Großen getreu gewesen. Wenn ich bei den Taten erfand, so habe ich doch den Geist, so gut ich es vermochte, geschildert.« Hans Fallada im Vorwort

Regelmäßige Informationen erhalten Sie über unseren Newsletter. Jetzt anmelden unter: www.aufbau-verlag.de/newsletter

atb aufbau taschenbuch

Hans Fallada
Heute bei uns zu Haus
Ein anderes Buch. Erfahrenes und Erfundenes
304 Seiten
ISBN 978-3-7466-2863-9
Auch als E-Book erhältlich

Falladas glücklichste Zeit

Carwitz, ein kleines Dorf im Mecklenburgischen: Hier lebt Hans Fallada mit seiner Frau Suse und den Kindern Uli, Mücke und Achim. Von ihnen erzählt er und vom Alltag auf dem Land, vom Hund Brumbusch, von Kühen, Pferden, Bienen, von Nachbarn, Haus- und Hofgehilfen, von den häuslichen Pflichten, den Sorgen und Nöten. Auch von denen des Schriftstellers. »Ruhe, jetzt wird gearbeitet!« heißt es dann, im ganzen Haus kehrt Stille ein, und Hans Fallada zieht leise die Tür zu seinem Arbeitszimmer zu.

»Dieses Buch gibt Bilder aus dem Familienleben eines Schriftstellers auf dem Lande … Für meinen Geschmack ist es reichlich privat geraten, aber ich hatte keine Wahl: es mußte so geschrieben werden, wie es in mir war.« Hans Fallada im Vorwort

Regelmäßige Informationen erhalten Sie über unseren Newsletter. Jetzt anmelden unter: www.aufbau-verlag.de/newsletter

atb aufbau taschenbuch

Hans Fallada
Der Bettler, der Glück bringt
Die schönsten Geschichten
333 Seiten. Broschur
ISBN 978-3-7466-2986-5
Auch als E-Book erhältlich

Das blanke Leben

Natürlich zählen die berühmten »Geschichten aus der Murkelei« zu Falladas schönsten. Noch zu entdecken sind hingegen seine Erzählungen, die er seit den zwanziger Jahren neben der Arbeit an den Romanen schrieb – für Zeitungen zum Broterwerb, zur »Erholung«, als Skizze für das nächste große Werk. Die Stoffe gewann er fast immer aus Erlebtem, und nicht zuletzt erweist sich Hans Fallada in diesen 33 Geschichten aus drei Jahrzehnten einmal mehr als Chronist der »kleinen Leute« und ihrer Alltagsmühen: amüsant bis bitterböse, schonungslos offen oder hoffnungslos romantisch.

»Oft anrührend, mal bitterböse, und wenn die Hochsprache dafür nicht reicht, für das blanke Leben, dann wird bei Fallada getapert, gepapelt, gepüttjert, geschrapt, rabantert und angegrobst, da wird sich düsig geweint, und Mutting kriegt Küssings, dass es im Kopf nur so burrt.«
BIRGIT VANDERBEKE

Regelmäßige Informationen erhalten Sie über unseren Newsletter. Jetzt anmelden unter: www.aufbau-verlag.de/newsletter

atb aufbau taschenbuch

Clarence Day
Unser Herr Vater
Aus dem Amerikanischen von
Hans Fallada
240 Seiten
ISBN 978-3-351-03596-9
Auch als E-Book erhältlich

Über Nacht berühmt

Mit heiterem Spott und voller Liebe beschreibt Clarence Day das temperamentvolle Leben in seinem Elternhaus im New York der Jahrhundertwende. Seine Texte machten ihn über Nacht bekannt. Die Bühnenfassung wurde einer der größten Broadway-Erfolge aller Zeiten. Im Mittelpunkt steht der polternde »Herr Vater«, Clarence Day senior, der gegen die Plagen des Familienlebens aufbegehrt: gegen andere Meinungen, Verwandtenbesuch, Köchinnen oder diese neuartige Erfindung namens Telefon. Eine kluge, bissige, warmherzige und zeitlose Schilderung der ganz alltäglichen Klippen des Zusammenlebens, übersetzt von dem damals bereits weltbekannten Hans Fallada, der den wunderbar beiläufigen Humor Days mühelos ins Deutsche überträgt.

»Eines der vergnüglichsten Bücher der letzten Jahre.«
Der Spiegel, 1947

Regelmäßige Informationen erhalten Sie über unseren Newsletter. Jetzt anmelden unter: www.aufbau-verlag.de/newsletter

aufbau